꿈이 있는 한
나이는 없다

꿈이 있는 한 나이는 없다

글_ 조미하

초판 1쇄 발행_ 2016. 07. 13.
2쇄 발행_ 2018. 10. 13.
3쇄 발행_ 2022. 04. 23.

발행처_ 삶과지식
발행인_ 김미화
디자인_ 다인디자인(E. S. Park)
편집_ 박시우(Siwoo Park)

등록번호_ 제2010-000048호
등록일자_ 2010. 8. 23.

서울특별시 강서구 강서로47길 108
전화_ 02)2667-7447
이메일_ dove0723@naver.com

ISBN 979-11-85324-31-9 03810

조미하

Prologue

꿈 찾기는 시작되고...

문득,
'내게 꿈이 있었던가?'하는 의문이 생겼다.
평범한 일상에서 살림하고, 아이를 키우고,
일하며 그렇게 세월을 말없이 흘려보냈다.

바람 부는 어느 늦가을
마음을 채울 수 없게 허전함이 물어나 내게 질문을 던졌다.
'네게 꿈이 있기나 한 거야?
네가 가장 좋아하는 일이 무엇이지?
몇 시간씩 몰두할 가슴 뛰는 일은?'

답은 그리 어렵지 않았다.
'그래 그거였어,
꼭 하고 싶던 잃어버린 꿈이 있었지.
날마다 일기를 쓰고, 책을 읽고, 느낌을 기록하고,
많은 작가를 만나며
나도 글 쓰는 작가가 되고 싶었지.
마음속 깊이 간직했던 어릴 적 꿈,
잊고 지냈던 이루지 못한 꿈이 있었어.'

그렇게 나의 꿈 찾기가 시작되었다.
시와 수필, 그리고 노랫말을 쓰는 작사 공부까지
많은 열정을 보이며 여러 강의를 신청하고 배우러 다녔다.

또 해밀이라는 이름으로
인터넷에 글을 올리기 시작했는데

많은 사람이 공감과 공유로 관심을 표시했고
함께 울고 웃는 독자가 생겼다.

때로는 몇 줄의 글이 지친 삶을 사는 누군가에게
위로와 격려가 되고, 희망을 안겨주기도 했으며,
꿈과 희망을 담금질하는 삶의 활력소가 되었다.
누군가는 자신을 토닥이고 다시 일어서는 용기를 가지기도 했다.

그러던 중에
어느 시인의 권유로 수필가로 등단하게 됐고,
시인으로도 등단하며 잃어버린 꿈을 향해
한 걸음씩 나아갔다.

글을 쓰며 제목이나 중요한 글귀를
효과적으로 전달하고 새기려고
감성을 전하는 손글씨인 '캘리그라피'를 배웠고
캘리그라피 작가로도 활동하게 됐다.

시간 가는 줄 모르고 밤을 새우며 글을 쓰고 캘리그라피에 열중하며
나는 어느덧 단발머리 나풀대던 꿈 많은 문학소녀의 모습으로
하얀 종이 위에 하늘색 꿈을 그리고 있었다.

누군가 그런다.
지금 내 모습이 가장 어울리고
세상 다 가진 듯 행복해 보인다고.

그랬다.
행복이란
뒷동산처럼 그렇게 큰 것도 아니고
앞산 너머 저 멀리 있는 것도 아니었다.
삶의 길에 툭툭 걸리는 돌부리가 있어도

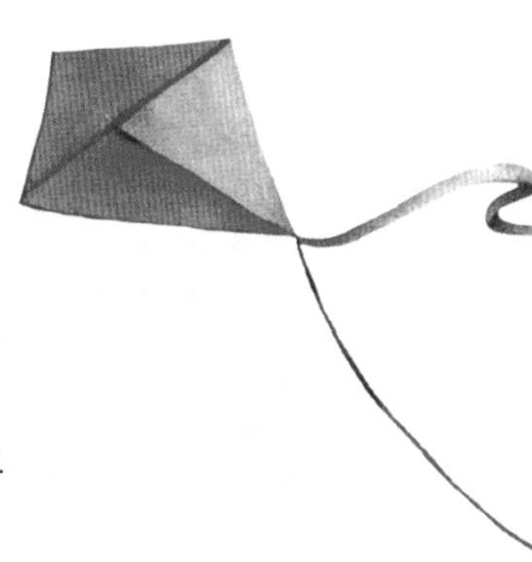

정말로 하고 싶은 일을 하고
그 속을 한 걸음씩 거닐면,
그것이 진정한 행복 아니겠는가.

여기저기 흩어져 있는 삶의 조각들
부족하고 모자란 그 조각들을 모아 퍼즐 맞추듯 하나로 엮었다.

'이젠 늦었다'란 말은 버리자.
나이가 많아서,
형편이 나빠서,
열정이 없어서,
늘 핑곗거리로 전락한 내 꿈이 무엇인가?
기억 저편에 묻어버린 소중한 내 삶이 무엇인가?

이 책으로
당신의 잃어버린 꿈을 찾기를 바란다.
당신의 시들해진 열정을 찾아 용기를 내기 바란다.
당신의 못다 한 꿈을 꼭 이루어 행복이란 노래를 부르며
제2의 인생을 살기를 진심으로 바란다.

작가는 말한다.
'꿈이 있는 한 나이는 없다.'

-해밀 조미하

Contents

둘 희망 엽서 꿈꾸는 언덕

셋 우정 엽서 다행이야 네가 있어서

넷 감성 엽서 어떤 하루

행복 엽서 내 삶에 꽃피던 날

사랑 엽서 당신은 선물입니다

추억 엽서 쉿! 비밀이예요

하나

위로 엽서

반짝반짝 빛나기를

용기

괜찮아요
용기를 내요
조금 부족하면
어때요
다시 채우면
되지요
움츠리지 마세요
당신을 믿어요

용기

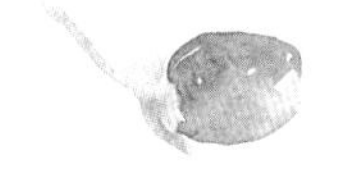

괜찮아요
용기를 내요

조금 힘들면 어때요
감당할 만큼만 시련을 준대요

조금 부족하면 어때요
다시 채우면 되지요

남보다 못났다고 생각하지 말아요
그들도 남모를 어려움이 있어요

조금 힘들다고
한 번 실패했다고
용기가 부족하다고
움츠리지 마세요

당신에겐 남에게 없는 장점이 많아요
당신을 믿어요
내 눈엔 당신이 가장 멋져요
내겐 당신이 최고예요

삶에 지친 그대
힘내요!

당신은 소중한 사람입니다

삶에 지친 그대에게

어느 날 문득
곁에 아무도 없다는 허무가 찾아오면
고개 들어 하늘을 봐요
혼자일 것 같은 파란 하늘도
도란도란 얘기하는 구름과 함께하잖아요

지치고 지쳐
주저앉고 싶으면
길가의 들풀을 봐요
비바람이 몰아쳐도
초록빛 싹을 틔우려고
안간힘을 쓰잖아요.

알 수 없는 두려움에
포기하고 싶으면
어두운 밤바다 건너
희미하게 반짝이는 등대를 봐요
다시 시작할 꿈을 주잖아요

그리움에 눈물 뚝뚝 떨어지면
나지막이 사랑 노래 불러요
반짝이는 눈빛 나누던
소중한 추억이 함께하잖아요

슬픈 것도
불행한 것도
외로운 것도
아닌데
마음에
한기가
느껴지는
날…
그런 날
꼭 있더라

그런 날 있더라

뜨거운 커피 한 잔
두 손 가득 감싸도
마음에 한기가 느껴지는 날

복잡한 거리에서 갈 길 잃고
두리번거리는 날

코미디 영화를 보는데도
주르르 눈물이 흘러
마지막까지 객석에 남은 날

그런 날 꼭 있더라

소주 한잔 마시려고
단골 포장마차에 갔는데
자리가 없어 되돌아온 날

처진 어깨 보이기 싫어
어두운 골목길로 황급히 숨은 날

슬픈 것도
불행한 것도
외로운 것도 아닌데
마음에 구멍이 뚫린 것처럼
허전함이 묻어나는 날

친구야
오늘이 그런 날인 거 같아
이상하지?

나에게 하는 부탁

안 되는 걸 되게 하겠다고
정열을 쏟지 마라
안 되는 건 안 되더라

오늘의 걱정거리를
내일로 가져가지 마라
걱정 없이 사는 사람 몇이나 되겠는가
빨리 벗어날 방법을 터득하라

마음이 울적할 때
깊이 빠져들지 마라
우울증에 걸린다
웃기는 영화를 보거나 신나는 노래를 크게 불러라
어느새 기분이 좋아진다

이 가을에
혼자 외롭다고 생각하지 마라
차라리 그 기분을 즐겨라

위로하고 싶은 날에

무순 말이든 건네고 싶은데
아무 말도 안 나올 때가 있다

벙어리가 된 것처럼 답답함만 가득하면
고요한 눈빛으로 따뜻하게 바라보고
그냥 조용히 들어라

가슴으로 전해지는 슬픔이 가득하면
따뜻한 온기 느끼도록
두 손 잡고 살며시 안아라

진심 담아 써 내려간 작은 쪽지 하나도
큰 힘을 발휘한다

열 마디 말보다 작은 행동이 낫다

하늘을 봐

하늘을 보는 버릇이 생겼어

자동차를 갓길에 세워 놓고
파란 하늘을 보기도 하고

늦은 밤 베란다 창문을 열고
별들이 박힌 검은빛 하늘을 보기도 해

그러면
복잡하고 엉켰던 생각이 정리되고
편안해져

바다를 보러 가려면 시간이 필요하지

그래서
고개만 들면 언제나 있는
하늘을 봐

힘이 들 땐 더

진정한 자존심

너에게
오늘 꼭
하고 싶은 말이 있어

아주 사소한 일로
소원해진 너에게
먼저 손 내미는 것은

강산이 몇 번씩 변했을
너와의 소중한 흔적을 지키고 싶을 뿐이고

그 세월 속에 함께했던
깊고 깊은 우리의 우정을
잃고 싶지 않기 때문이야

살다 보니
좋은 사람과
밀고 당기고 하는 것이
에너지 낭비인 것을 알겠더라

진정한 자존심이
무엇인지 깨닫기까지는
많은 시간이 필요치 않아

그것은
네가 나에게
내가 너에게
얼마나 소중한지를 생각해보면 되는 거야

내 마음의 우체통

내 마음에
빨간 우체통 하나
간직하며 살고 싶네

세상사 시시하게 느껴질 때
꾹꾹 눌러 써 내려간
희망 편지 한 장 꺼내 보고

지친 발걸음 주저앉고 싶은 날
여행길에서 보낸 풍경 좋은 엽서로
그날의 설렘을 느끼고

세상일에 시무룩해지면
속 깊은 친구의 유머 글에 미소 짓고

우체통에 간직한 희로애락
알맞을 때 꺼내 보며
위로받고 싶네

그렇게
내 마음에
빨간 우체통 하나
간직하며 살고 싶네

힘내요 당신!

고생하는 거
알아요
힘든 거 알아요
우리 함께 힘내요

힘내요 당신

힘들어요?
혼자만 힘들 거로 생각하지 말아요
누구나 짐을 지고 살아요

외로우세요?
혼자라도 둘이라도 여럿이라도
사람은 늘 외로운 거래요

울고 싶으세요?
목까지 차오른 슬픔을 이기지 못하고
꾸역꾸역 삼킬 때가 있지요
그냥 목 놓아 우세요
누가 보면 어때요

그리우세요?
조용히 눈감고
이름 한 번 불러요
그리움이 두 배가 되어도
가슴은 따뜻해질 거예요

사랑하고 싶으세요?
주위를 둘러봐요
내 사랑을 바라는 사람과
나를 사랑하는 사람이 많아요

고생하는 거 알아요
힘든 거 알아요
힘내요 당신!

조금만 참아요!
처진 어깨 지친 발걸음
바라보면 가슴 아파요
우리 함께 힘내요

상처

사람마다 몇 개는 있는 상처

가만히 두면 아물고 없어지는
상처도 있고
만질수록 덧나서 숨 막히게 하는
가슴 아픈 상처도 있다

세월이 지나면 희미할 줄 알았는데
한 번씩 울컥하는 고통과 아픔

잊을 만하면
불쑥 나타나는 이 불청객

혼자만 그렇다고 생각 말자
행복해 보이는 사람도
한두 개쯤 품고 살아간다

울고 싶으면 울고
소리치고 싶으면 소리치자
지혜롭게 이기는 것이 살길이다

내 마음을 찰칵

자신을 가장 잘 아는 사람은 바로 자신이다
자신을 가장 모르는 사람도 자신이다

사람들은 멋진 것을 보면 카메라를 들이댄다
오래 간직하려고
추억으로 남기려고
좋은 사람에게 보여 주려고

오늘은 풍경이나
치장한 모습이 아닌 마음을 찍자

곪은 상처가 없는지
미움의 씨앗이 자리 잡았는지
버려야 할 욕심이 싹을 틔우는지

마음 사진을 찍고 정리해
버릴 것을 버리자

다음에 찍을 때는
더 좋은 모습이 찍히게
마음을 여과하자

울지마라
오늘만 날이더냐
울지마라
오늘만 살 것 아니다

울지 마라

울지 마라
오늘만 날이더냐

살다 보면
슬퍼서 울고
억울해서 울고
속상해서 울고
내 성질 못 이겨서 울고
남에게 상처받아 운다

하지만 또 언제 그랬냐는 듯
웃으며 살지 않는가
다들 그렇게 살아간다

울지 마라
오늘만 살 것 아니다

멋진 당신의 인생

폭설이 내린 머리에는
머리카락보다 많은 사연이 있고

주름이 깊은 이마에는
고뇌하며 견딘 세월의 흔적이 있고

휘어진 허리는
알차게 살았다는 인생의 징표인데

그 값진 삶을 산 당신에게
누가 함부로 말하겠는가

남은 삶이 짧아도
그 깊은 삶의 무게를
누가 가볍다 하겠는가

당신이 남긴 수많은 발자국
그 값진 인생은
박수받아 마땅하지 않는가

내 안의 또 다른 나

사람들이 말합니다

생긴 것은 여린 여자인데
행동은 람보라고
여린 감성에 눈물지으면
터프한 모습이 그려지지 않는다고

작은 것에 상처받고 아파하면
외계인 취급을 당합니다

내 안에 있는 또 다른 내가
반대로 움직여
감성과 터프 사이를 오고 갑니다

사장의 자리

"사장은
절망의 순간에도
희망을 놓지 않는
단 한 사람이다"

우연히
어느 회사 대표 프로필에 있는 이 글을 보았습니다

머릿속에 불꽃이 튀는 듯한 강렬한 느낌

조직을 책임지는 자리는

강해야 하고
모범이 되어야 하고
감싸 안아야 하며
포기할 줄 몰라야 하고
내색하지 않아야 하는
외로운 자리입니다

집안의 가장도 마찬가지 아닐까요?

그 외로운 자리에 있는
책임감으로 똘똘 뭉친 모든 분에게
응원을 보냅니다

머피의 법칙

아침에 눈떠
물 마시러 갔는데
비몽사몽 헤매다 유리컵 깨뜨린 날

식사 약속했다가 바람맞았는데
다른 때는 밥 먹자는 사람도 많더니
연락하니 모두 약속 있다네
결국 혼자 김밥 먹은 날

중요한 일정으로 일찍 나섰는데
접촉사고 때문에
일도 못 하고 애만 태운 날

비 오는 날 칙칙하게 보이기 싫어
화사한 옷차림으로 외출했다가
지나가는 자동차에 물벼락 맞은 날

향기 좋은 커피 한잔 하려고
멋진 카페에서 분위기 잡다가
커피 쏟은 날

이런 날 아침은
다른 날과 느낌이 다르다
허둥대거나 실수하거나

이 고약한 느낌이 맞는 날

오늘이 그날이야?
뒤로 넘어져도 코가 깨지는
머피의 법칙이 작동되는 날

커피 사랑

참 좋은 날이라 외치며
이른 아침에 한 잔

즐거운 마음으로
일할 수 있음에 감사하며
출근해서 한 잔

점심 후
유쾌한 수다 떨며 한 잔

나른한 오후에
정신 번쩍 들라고 한 잔

퇴근 시간
정리하며 또 한 잔

아
못 말리는 커피 사랑
덕분에 세상이 더 향기로운 거 같아

커피 한잔 할래요?

Coffee

나를 위한 위로

잘했다고 괜찮다고
위로하며 견뎌 나가지만

살다 보면
비켜 지나갔으면 하는 일이 생기기도 해

그러면
왜 이렇게 살아야 하나 절망하게 되지
포기하고 싶을 만큼

하지만 절망한다는 건
희망을 붙들고
다시 시작한다는 말이기도 해

힘이 들 때 다시 다짐하자
아직 할 수 있다고
무엇이든 할 수 있다고

떠나자 새벽기차를 타고…

새벽 기차

종이와 볼펜 한 자루
카메라 하나 달랑 챙겨 들고
가벼운 마음으로 새벽 기차를
타고 떠나리

어디로 가느냐는 중요치 않고
오랫동안 아껴둔 시간을
가을 한가운데서 함께하며
혼자만의 가을 축제를 즐기리

소박한 시골 시장의 아낙네들과
세상 사는 이야기도 나누고
황금 들녘 가을걷이가 끝난
농부의 허전한 마음도 느끼며

아무도 모르는 낯선 그곳으로
혼자만의 가을 여행을 떠나리
아직 어둠이 채 가시지 않은
새벽 기차를 타고

오늘은 선물입니다

어제보다 나은 오늘

어제보다
괜찮은 오늘

어제보다
나은 오늘

어제보다
신나는 오늘

어제보다
행복한 오늘

어제보다
사랑하는 오늘

어제보다
배려하는 오늘

뭐든 어제보다 나은
최고의 오늘

하나
둘씩
채워가게
하소서

하나둘씩 채워 가게 하소서

조금 부족하다 하여
자신을 질책하지 말고
하나둘씩 채워 가게 하소서

세상에 완벽한 사람 없듯이
세상에 실수 없는 사람 없듯이
세상에 절망 없는 사람 없듯이

사람인지라
모든 게 갖춰지지 않아
늘 배우고 반성하며
부족한 부분 채워 가며 살지 않는가

어느 날 나는 왜 이럴까 싶어
깊은 수렁으로 빠지기도 하지만
그 안에서 우린 인생을 배우지 않는가

부족한 나를
어설픈 나를
조금씩 채워 가며 일으킬 수 있게
마음속 가득 긍정의 힘을 주소서

내 마음의 일기 예보

알고 있나요?
당신이 웃으면 하루가 행복하다는 걸
당신의 밝은 한마디가 힘이 된다는 걸
당신으로 내 하루가 달라진다는 걸

언제부터인지 내 하루가
맑고 흐리고 비 내리는 것은
당신이 결정한다는 걸

그래요
언제부터인지 그렇게 되었어요
나도 당신에게 그런 사람이었으면 좋겠어요
맑은 하늘을 선물하는 사람이요

당신이 행복하면
덩달아 미소 짓는
나는 따라쟁이인걸요.
당신은 내 마음을 움직이는 일기 예보인걸요

그대!
외 · 롭 · 구 · 나

갑자기 말이 많아지고
커피가 식었는데 자꾸 두 손으로 감싸고
머나먼 하늘을 끝없이 응시하고

웃고 있는데
그 미소가
더 쓸쓸해 보이는 건 뭘까

그런데 있지
사실은 나도 그런 걸 뭐

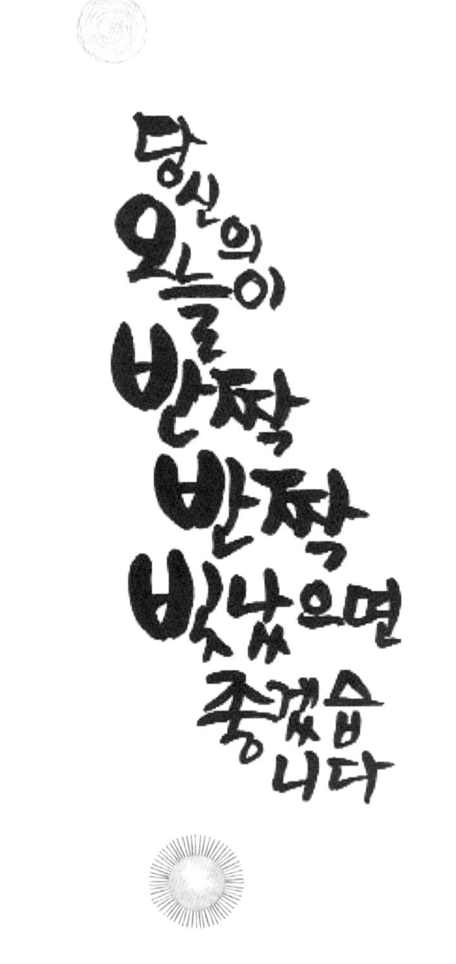
당신의 오늘이 반짝 반짝 빛났으면 좋겠습니다

반짝반짝 빛나기를

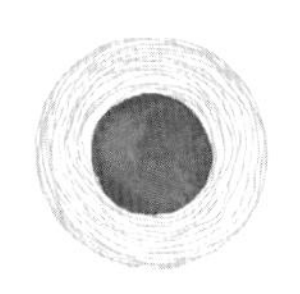

당신의 오늘이
반짝반짝 빛났으면 좋겠습니다

노력한 만큼 결과가 나오지 않아도
실망하지 않고 기다리는
하루가 되었으면 좋겠습니다

오늘도 수많은 일이 일어나겠지요
예상치 못한 일에 당황하기도
반가운 사람이 찾아오고 기분 좋은 일이 생겨
행복을 느끼기도 하겠지요

모두 일상에서 반복되는 일이니
일희일비하지 마세요
하지만 마음만은 반짝반짝 빛나기를 기원합니다

당신의 하루가
당신의 오늘이
당신의 지금이
반짝반짝
빛났으면 좋겠습니다

둘

희망 엽서

꿈꾸는 언덕

들꽃

너는
모두에게
희망을 안기며
웃고 있구나

들꽃

가녀린 몸
바람에 흔들리며
수줍게 웃는 얼굴
어디서 왔니 그 고운 모습으로

아무도 돌보지 않는
혼자만의 공간에서
암흑 속을 탈출하려고
얼마나 참담하게 몸부림쳤을까

그 어둠 비집고 나와
푸른 하늘을 바라보며
바람과 햇빛과 친구 되어
환하게 미소 짓는 예쁜 모습

만신창이가 되어
울고 또 울 줄 알았는데
너는 그렇게 모든 이에게
희망을 안기며 웃고 있구나

작지만 큰 차이

할 만큼 했는데 못 한 것은
의지와 상관없지만

노력하면 할 수 있는데
안 한 것은 내 의지다

살면서 겪은 많은 실패는
스스로 그만둔 것이다

성공이란 섬으로
다리를 연결하려면
의지라는 작은 나사가 필요하다

꿈

늦었다고
나이가 많다고
형편이 안 된다고
시도도 하지 않고
포기하고 말 것인가

아직
저 밑바닥에 남아 있는
열정을 끄집어내라
그리고 다시 시작하라

부정적인 생각은 버려라
모든 것은 마음에 달렸다
뭔가를 시작한다는 것은
꿈을 이룰 자세가 된 것이다

그리고 노력하라
세상은 노력하는 자만이
얻을 수 있는 것투성이다

미쳐라

미쳐야 살 수 있다

성공

묵묵히 걸어라

미쳐라

미치지 않고 대충해서
성공한 사람을 본 적이 없다

미치지 않고서
무엇을 제대로 할까

남이 뭐라 해도
누가 태클을 걸어도
원하는 성공을 얻고 싶으면
묵묵히 걷자

그러다 보면
어느새 목표에 가까이 있을 것이고
원하는 것을 얻을 것이다

당신은 무엇에 미쳤는가
미쳐야 산다
오늘도 무언가에 미치자

여자가 봐도 멋진 여자

여자의 적은
여자라 했던가요?

하지만
여자가 봐도
멋진 여자가 있습니다

하나,
자신을 가꿀 줄 아는 여자
명품만 찾는 여자보다
시장 물건도 명품화하는 감각적인 여자
책을 가까이하며 자기계발 하는 여자

둘
내면이 아름다운 여자
배려하며
다른 사람 때문에 진심으로 눈물 흘리는 여자
어려운 사람을 지나치지 못하는 여자

셋
당당한 여자
일에 자신감과 카리스마가 있는 여자
자신의 잘못을 쿨하게 인정하는 여자

넷
통 크게 지갑 열어 기분 좋게 한턱내는 여자
얻어먹는데 익숙한 여자는 정말로 매력 없다

다섯
반전이 있는 여자
무뚝뚝한 것 같지만
귀여운 애교와 유머가 돋보이는 여자

여섯
뒷모습이 아름다운 여자
머물렀던 자리가 정돈된 여자
생활 습관이 깔끔한 여자

일곱
소녀 같은 감성이 살아 있는 여자
비 오는 날 커피 한잔에 행복해하는 여자

여덟
여럿이 있는 자리에서
자기주장만 펼치기보다
흐름에 맞춰 한 번쯤 넘어가는 센스쟁이 여자

아홉
미안하면 미안하다고
고마우면 고맙다고 표현하는 여자

열
예쁜 여자보다 매력 있는 여자
예쁜 여자는 쉽게 질리지만
매력 있는 여자는 오래간다

이 밖에도 멋진 여자가 많다
같은 여자에게 멋지면
틀림없이 멋진 여자다

여러분은 몇 가지에 해당하나요?

약속

"약속할 때는 신중히
못 지킬 약속은 하지 말고
한 약속은 반드시 지켜라"

섣불리 한 약속을 지키지 못하고
아무 일 없었다는 듯 행동하는 것은
자신을 떨어뜨리는 지름길이다

우리는 크고 작은 약속을 하며 산다
약속은 사회생활에서 가장 중요하다

남과의 약속도 중요하고
자신과의 약속도 중요하다

자신과의 약속은 더 지키기 어렵다
혼자 마음으로 한 약속이기에
지켜도 그만 안 지켜도 그만이라
생각하기 때문이다

자신과 한 약속을 지키려면
주위 사람에게 공개하라
어느 순간 지켜지고 있을 것이다

이렇게 약속은
나와 다른 사람을 연결하는
중요한 신뢰의 척도다

약속을 지키는 것은
상대에게 나를 보이는
기본 예의다

내가 바로 주인공이다

울퉁불퉁 튀어나온 살
펑퍼짐한 몸매

처녀, 총각 때
쭉쭉 뻗은 몸매는 어디 가고
세월 따라 이렇게 변했구나

그렇다고 한탄만 하기에는
아까운 인생이다

내면에서 배어난 표정과 이미지
외모가 풍기는 당당함과 자신감
모두 자신이 만든다

주근깨와 기미투성이로 외출이라니
화장기 없는 얼굴이 자랑인가?
예의를 지키자

내 삶은 내가 주인공이다

고단한 삶을 위한 장치

고단한 삶을 위한 장치

★친구를 만들어라
언제든 찾아가 마음 터놓을
편안한 친구를 만들어라
초라한 모습을 보여도
흉보지 않을 친구를 만들어라

★취미를 만들어라
스트레스 푸는 가장 좋은 방법이다
나이가 들수록 혼자 있는 시간이 많다
시간을 다스리지 못하면 우울증이 생긴다

★아지트를 만들어라
마음이 안정되고
기분이 좋아지는
비밀 아지트를 만들어라
산도 좋고 바다도 좋고 커피 향 가득한 카페도 좋다

★글을 써라
글을 쓰는 습관을 들여라
글을 쓰면 차분해지고 생각이 정리된다
일기도 좋고 편지도 좋다 낙서도 좋다

★여행을 떠나라
사람이 많으면 계획만 짜다 세월 다 간다
혼자면 어떤가
며칠을 어려우면 하루라도 떠나라
다음엔 긴 여행도 갈 수 있다

살다 보면 마음처럼 안 되는 일이 많다
속으로만 삭이면 병이 된다
탈출 방법을 만들어야 즐겁게 산다

꿈이 있는 한 나이는 없다

심장이 뛰니까?
열정이 남았습니까?

할 수 없다고 절망하고 있습니까?
무엇 때문이라며 포기하고 있습니까?

핑계 대지 마세요

심장이 뛰는 한
절망은 없습니다
열정이 있는 한
꿈은 이룰 수 있습니다

힘내서 다시 시작하세요
두 손 불끈 쥐고 다시 시작하세요

세상은 도전하는 사람 것입니다
꿈이 있는 한 나이는 없습니다

청춘들아 두려워 마라

청춘들아
해보지도 않고
두려워하지 마라

지금 너희의 모습과
지금 너희의 젊음과
지금 너희의 꿈을
간절히 바라는 어른들이 있단다

더 과감하게 도전했더라면
더 많은 것을 경험했더라면
더 많은 곳을 여행했더라면
지금 모습이 어땠을까

한 번쯤 되돌아봤을 때
아쉬움과 후회로 얼룩지지 않도록
끝없이 도전하고 경험하길 바란다

말하는 대로 이루어진다

부정적인
말과 행동을 하는 사람과
긍정으로 밝은 미소를 지으며
생활하는 사람

당신 같으면
누구와 차를 마시고
대화하고 만나고 싶겠는가

가진 게 많지 않아도
비전이 보이는 사람은
어디를 가나 환영받고
가까이하고 싶은 사람이다

맘처럼 안 된다고
기분이 가라앉았다고
절망에 가득한 표정으로 지내지 말자
"나는 아무것도 할 수 없어"라고
단정 지으며 포기하지 말자

자기 최면을 걸어 보자
나는 무엇이든 해낼 것이다
나는 원하는 걸 이루고야 말 것이다
나는 언제나 행운의 주인공이다
세상은 내 편이라고

말이 씨가 된다는 소리
말하는 대로 이루어진다는 것은
그냥 하는 말이 아니다
내 인생 행운의 열쇠는
바로 내가 하는 말이 바탕이다

이 행운의 열쇠가
당신의 꽉 막힌 답답함을
해결하는 삶의 통로가 되길 희망한다

꿈이 있는
당신은
아름답다

꿈이 있는 당신은 아름답다

나이를 먹는 것은
더 많이 경험하고 느끼고
행동하라는 뜻이다

나보다 어린 사람을
나보다 경험이 부족한 사람을
나보다 못 배우고 가진 것 없는 사람을
무시하고 함부로 대하라는 게 아니다

더 깊이 생각하고
더 많이 베풀고
한 살이라도 더 먹은 사람답게
말과 행동을 하라는 것이다

가르치려고 하지 말고
행동으로 보여 주자
꿈을 꾸고 노력하는 모습을 보여 주자
꿈이 있는 사람은 아름답다고 느낄 수 있도록

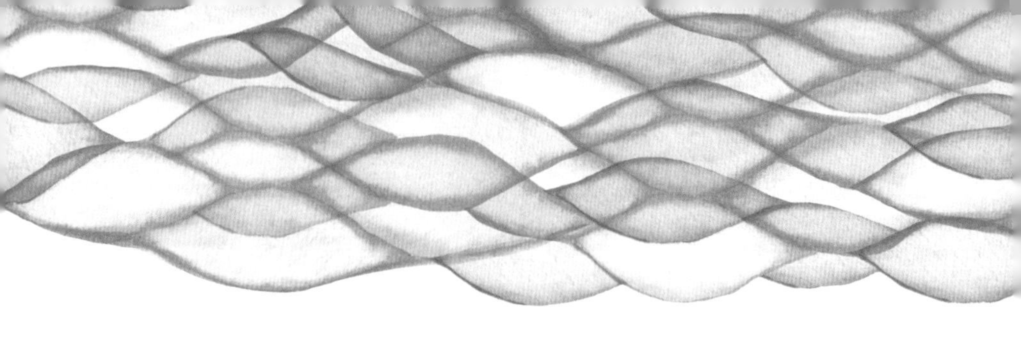

꽈배기 먹었소?

이상하게 꼬였네
당신 꽈배기 먹었소?
안 먹었는데 선천적으로 꼬였소?

그것참 이상하오
한마디 한마디가
배배 꼬여 꽈배기를 상자로
들이 삼킨 모습이니 말이오

그 꽈배기 폐기 처분 어떻겠소
나도 가끔 꼬일 때가 있지만
바로 폐기처분 하고 반성하오

습관적으로
꽈배기 언어를 쓰시는 분
한 가지 질문 있소
고운 말 쓰면 입안에 가시가 돋소?

인생 통장

비밀번호도 서명도 필요 없는
인생 통장에는
나만의 보석을 저축하고 싶습니다

언제든 올려다볼 푸른 하늘과
언제든 꺼내 들을 새소리와
언제든 바라볼 작은 들꽃들과
언제든 꺼내 볼 아름다운 추억을
저축하고 싶습니다

언제든 손잡을 좋은 사람과
언제든 써먹을 삶의 지혜와
조용히 있어도 빛나는 인품을
저축하고 싶습니다

필요한 사람에게 줄 따스함과
메마른 감성에 물을 줄 사랑과
상대를 먼저 생각하는 넉넉함을
저축하고 싶습니다

어느 날 홀연히 먼 길 떠날 때
그래도 참 잘 살았구나 미소 지을
아름다운 통장 하나 갖고 싶습니다

언제든지 찾을 수 있는 인생 통장에
여러분은 무엇을 저축하고 싶습니까

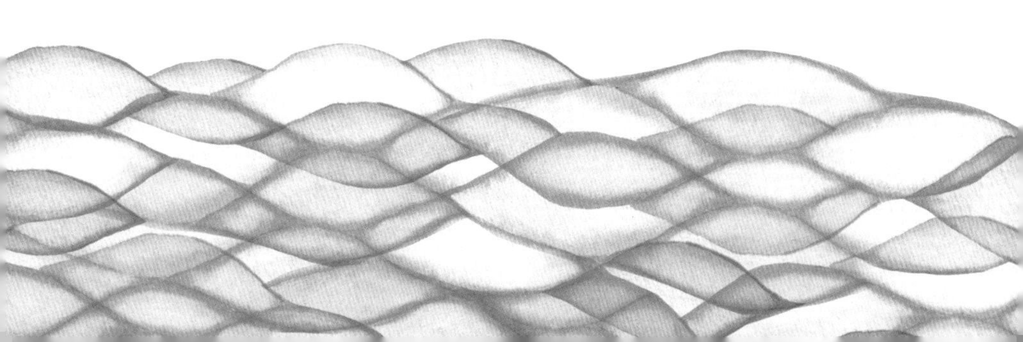

나를
아는가
어떻게
아는가
얼마만큼
아는가
"그 입
다물라"

그 입 다물라

누군가가
자신을 함부로 말하거든
이렇게 되물어라

나를 아는가
어떻게 아는가
얼마만큼 아는가

뭐라고 대답하는지 들어 봐라
십중팔구는 얼굴 빨개지며 얼버무릴 것이다

사람들은 나쁜 버릇이 있다

알지도 못하면서
누군가에게 들은 얘기나
선입견으로 판단하여
사실 확인도 하지 않은 채 살을 붙여 떠든다

그러지 말자
그 사람도 누군가의
소중한 사람이고 가족이고 친구다
그 사람도 상처받고 억울해하며 잠 못 잔다

결국 부메랑이 되어
되돌아온다는 걸 명심하자
삶이란 주는 만큼 받는다

이럴 때 우린 이렇게 말한다
"그 입
다 · 물 · 라! "

답을 찾는 거야

문제가 생겼을 때
몇 날 며칠 이불 뒤집어쓰고
고민하거나 술독에 빠져
허우적거리는 사람이 많다

물론
힘들어서 그런 거 안다
하지만 소용없는 일

이미 벌어진 일은
괴로워하며 시간을 보낼 것이 아니라
답을 찾아 수습하면 된다

고민하지 말자
시간이 지나면 거짓말처럼
모두 해결되는 걸

인생은 부메랑 같은 것

새와 날짐승을 잡으려고
만들었다는 부메랑

목표물을 향해 던져서
명중하면 되돌아오지 않지만
맞히지 못하면 되돌아온다

처음 던졌을 때의 속도와 힘으로 원위치하는
이 부메랑은 던진 사람에게 비수로 다가오기도 하고
용기와 격려로 다가오기도 한다

우리 인생도 마찬가지다

오늘 무심결에 쓴
발 없는 언어가
부메랑이 되기도 한다

나쁜 뜻으로 말하고 험담하면
결국 곱빼기로 살이 붙어 되돌아온다

좋은 말과 칭찬을 하는 사람에게는
친구라는 덤과
좋은 인간관계라는 선물이 돌아온다.

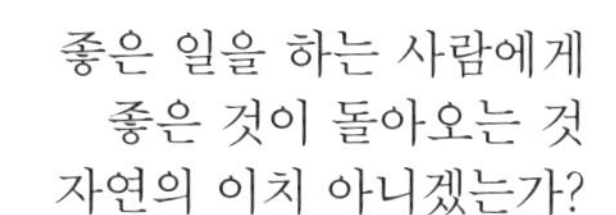

좋은 일을 하는 사람에게
좋은 것이 돌아오는 것
자연의 이치 아니겠는가?

모르고 했더라도
부끄러운 말과 행동은
원하든 원하지 않든
몇 배나 커진 부메랑이 되어 되돌아온다

어떻게 살아야 할지
간단하게 답이 나온다
그동안 날렸던 부메랑이
어떤 모습으로 되돌아올지

앞으로 어떤 부메랑을 던질지
되돌아올 때 어떻게 맞이할지
생각해야 하지 않을까

배움의 길

모든 걸
안다고
착각하지 마라

세 살 어린아이에게도 배울 게 있다

끝없는 배움의 자세가
지혜로운 삶을 살게 한다

나이가 방해된다 생각하는가
죽을 때까지 배워도
세상은 배울 것투성이다

지혜로우려면
끝없는 배움의 자세가 필요하다

지혜로워라
열심히 배워라
누구도 무시하지 못하도록

뿌리 깊은 나무

어떤 일이 있어도
어떤 말을 들어도
어떤 사람을 만나도
당당하고 자신 있게

뿌리 깊은 나무처럼
흔들리지 않고 묵묵하게
그 자리에 있기를

살다 보면
실망도 절망도 있겠지
그때마다 바람에 흔들리듯
아프고 방황할 수 있지만

바람을 탓하지 않고
환경을 탓하지 않고
중심을 지키는
뿌리 깊은 나무의
지혜와 침묵과 인내를 생각할 것

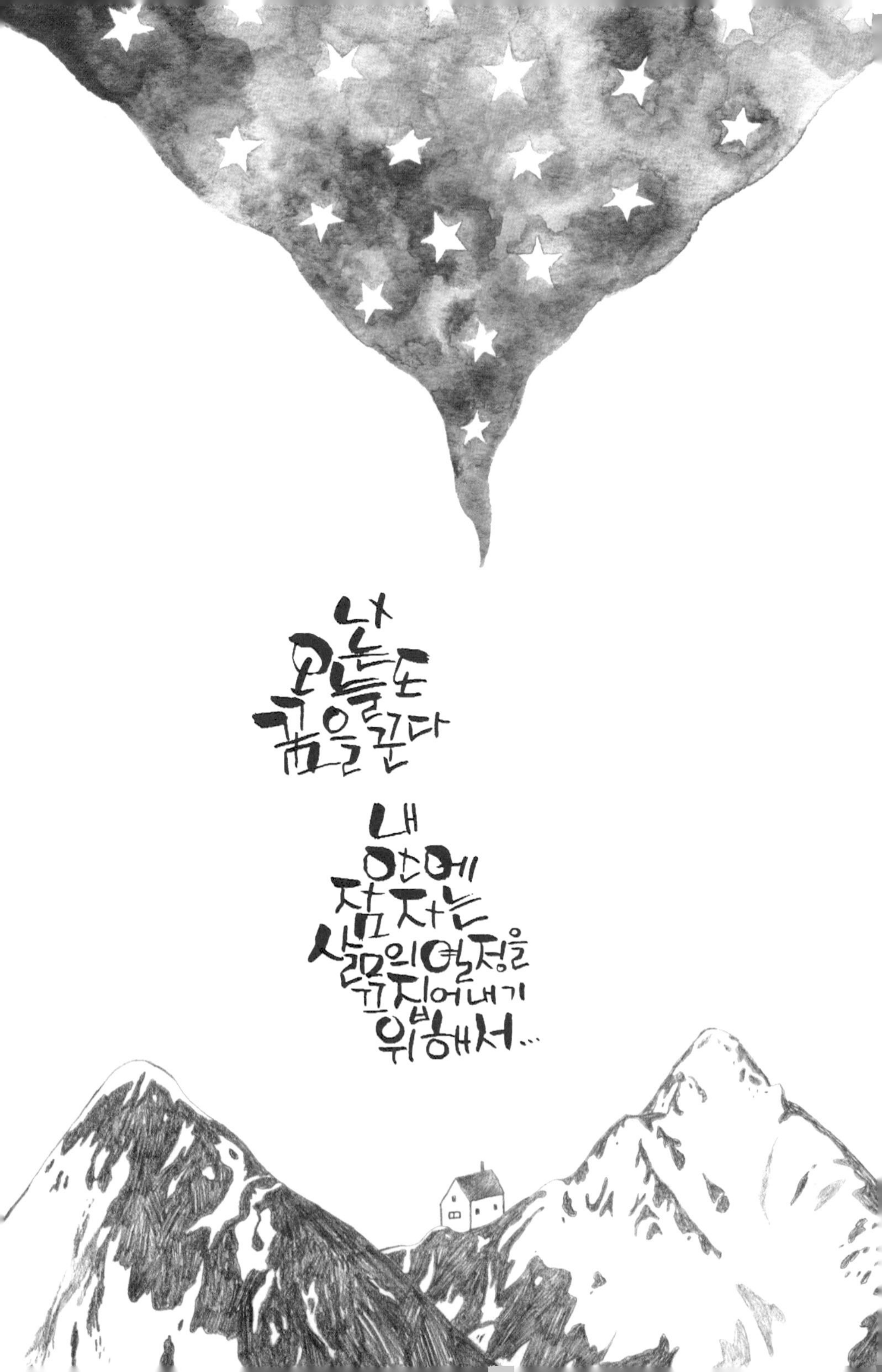
나는 오늘도 꿈을 꾼다
내 안에 잠자는 삶의 열정을 끄집어내기 위해서...

꿈꾸는 언덕

나는
오늘도
꿈을 꾼다

이루지 못해
채우지 못해
안타까운 꿈이 아닌

내 안에
잠자는
그래서 그냥
시들어 버릴 거 같은
삶의 열정을
끄집어내고 싶어서이다

부딪쳐라

눈 뜨자마자 할 일을 생각한다

당장 처리할 일
주말까지 할 일
다음 달까지 할 일

그래도 난관에 부딪히면 도망가고 싶은 날이 있다
모두 포기하고 싶을 만큼 힘든 날

하지만
결국 내 몫이고
내가 해결할
나만의 일이더라

부딪쳐 해결할 수밖에...
지나고 나면 어떻게 해결되었을까
궁금할 정도로 마무리 되었다

부딪쳐라
어차피 할 일
어차피 내 몫이라는 걸 명심하며

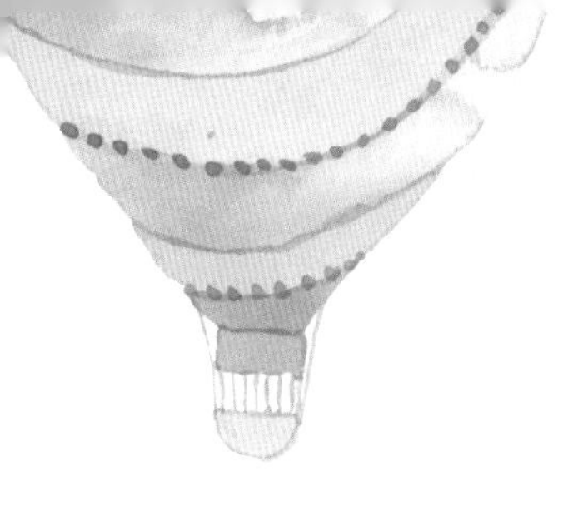

피할 수 없으면 즐겨라

어차피 할 일
자신이 해결해야 하는 일
싫다고 그만둘 수 없는 일

살다 보면 이런 일이 예고 없이 생긴다

피할 수 있으면 좋겠지만
그럴 수 없으면 고민하지 말고 즐기자

당시는 세상이 무너질 것 같아도
지나고 나니 별일 아니지 않은가

"피할 수 없으면 즐겨라"
즐기다 보면 해결된다

청개구리 마음

기다림은
상황마다 달라진다

반가운 친구를 기다릴 때는 즐겁고
자투리 시간에
차 한잔 할 때는 여유롭다

일 때문에 기다릴 때는
괜히 긴장하며 옷매무새와 서류 등을 확인하다
문득 청개구리가 되어 그 순간을 벗어나고 싶다

지금이 딱 그 심정이다

조심스러운 말의 힘

"칼로 벤 상처는 쉽게 아물지만
말로 벤 상처는 치유되지 않는다"는 말처럼

한 살 한 살 먹을수록
말 한마디가 조심스럽습니다

어떤 이는 말 한마디로 인생을 바꾸고
어떤 이는 말 한마디로 패가망신합니다

내 말 한마디가
희망과 위안이면 좋겠습니다
누군가에게 자기 맘을 읽은
따뜻한 한마디였으면 좋겠습니다

버킷리스트를 작성하라!

간절한 마음담아
구체적으로 작성하고
실천하라

버킷리스트

죽기 전에 꼭 하고 싶은 일을 적은 목록

버킷리스트 써 보셨나요?
목록을 하나하나 실행하나요?

저도 해마다 습관처럼 버킷리스트를 씁니다.
그때그때 하고 싶은 일이 다르더군요

장기 과제와 단기 과제, 당장 할 일을 구분하여 실천하니
목록을 하나씩 지우게 되더군요

이룬 것에는 줄을 그으세요
가슴 벅찬 기분과 성취감을 느낄 겁니다

아직 만들지 않았으면
지금도 늦지 않았습니다
날짜도 자세하게 적으면 더 좋습니다
무언가 달라지는 걸 느낄 겁니다

셋

우정 엽서

다행이야 네가 있어서

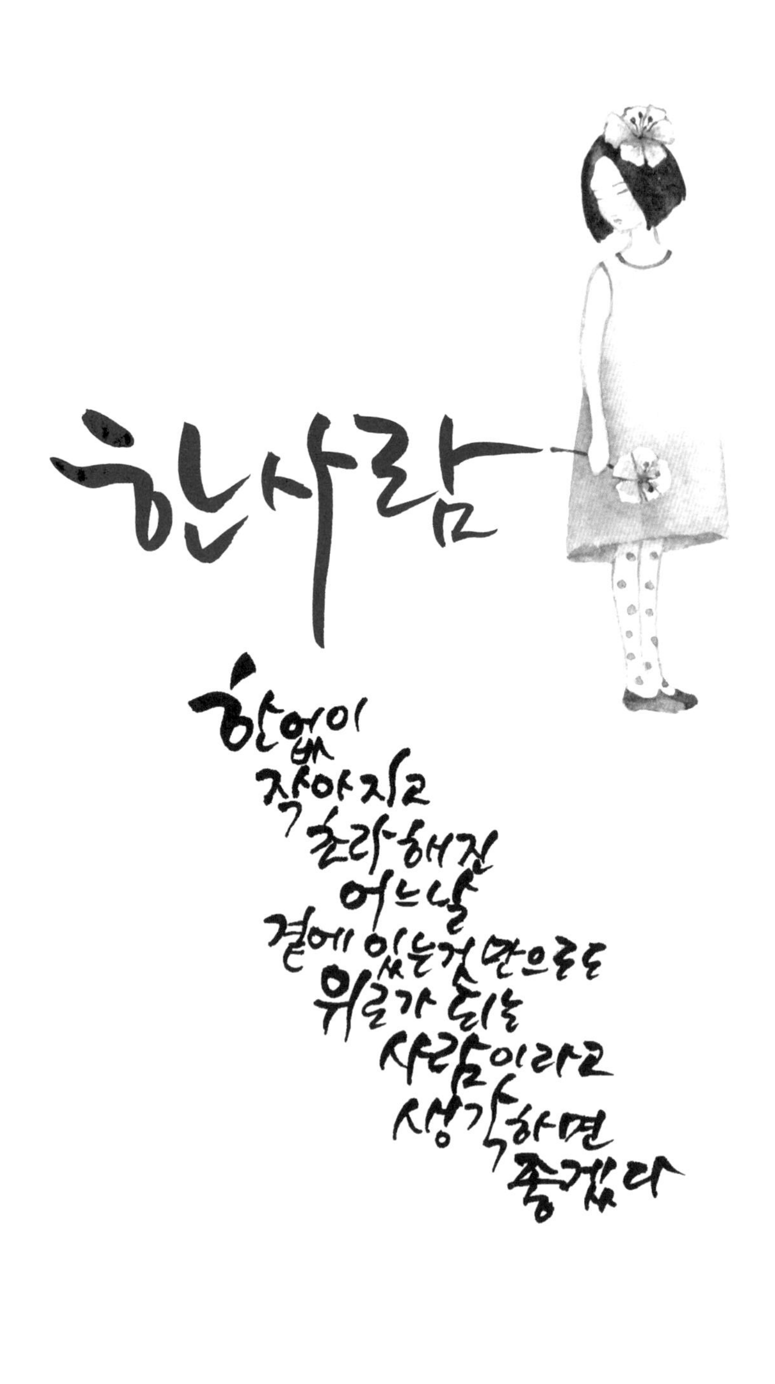
한사람
한없이
작아지고
초라해진
어느날
곁에 있는것만으로도
위로가 되는
사람이라고
생각하면
좋겠다

한 사람

애틋하지 않아도 좋다
늘 보고 싶지 않아도 좋다
날마다 그립지 않아도 좋다

문득 떠올렸을 때
상쾌하고 기분 좋은 사람이라고
느꼈으면 좋겠다

울적한 어느 날
마음에 환한 미소를 주는 사람이라
생각하면 좋겠다

한없이 작아지고 초라해진 어느 날
곁에 있는 것만으로 위로가 되는
사람이라고 생각하면 좋겠다

뭔가 풀리지 않아
복잡한 머리로 고민할 때
명쾌한 답을 줄 거 같아
만나고 싶은 한 사람이면 좋겠다

친구야 내 친구야

이 세상이
아름다울 수 있는 건
네가 내 곁에
있기 때문이란 걸
너는 알고 있는지…

친구야 내 친구야 1

그랬구나
맑은 술 몇 잔에 힘없이 늘어진
내 어깨를 바라보며
아픈 마음 다독였구나

지켜볼 수밖에 없다고
속울음 울며
아픈 미소로 답했구나

하지만 친구야
이것만은 알아줄래?
아파도 아프지 않은 척
슬퍼도 슬프지 않은 척
과장하지 않아도 되는
유일한 안식처가 너였어

때로는 사랑하는 마음이 넘쳐
사소한 일에 서운해하고 가슴 아파하지만
그건 살아가면서, 사랑하면서
겪는 과정이겠지

그 안에 숨은 우리 마음은
작고 여린 너와 나의 어깨가 서로 기대는
커다란 버팀목과 산이 되었지

이 세상이 아름다운 건
우리가 함께하기 때문일 거야

친구야 내 친구야!

오늘도 어제같이
내일도 한결같이
마음껏 너를 사랑하련다
후회 없이 그렇게

내 친구라서 참 좋아요

언제든 찾아도
늘 같은 자리에서 환한 미소로 맞이하는
그대가 참 좋아요

뜨거운 차 한잔 부담 없이 마시고
소소한 이야기 편안하게 나누는
그대가 내 친구라서 참 좋아요

한 번쯤 보이지 않으면
어디 갔느냐고 성화를 부리는
그대가 있어서 참 좋아요

맛있는 음식이 있으면 생각난다고
예쁜 풍경을 보면 함께 가자고 말하는
그대가 내 친구라서 참 좋아요

그런 그대가
편안한 그대가
내 친구라서 정말 좋아요

친구야 내 친구야 2

어느 날 갑자기
네가 내 마음에 들어 왔더구나
비슷한 감성과 취향
잘 울고 잘 웃는 것까지 비슷했지

어느 틈에 너와 난 닮은꼴이 되어
너를 보면 또 다른 나를 보는 것 같았어

말과 행동에 묻어나는
너의 속 깊음에 자주 감동했었지

부족한 나에게
과분한 친구가
영화처럼 온 거야

나를 닮은 네가
너를 닮은 내가
함께하다니 가슴이 벅차다

친구야 내 친구야!
가끔은 너를 아프게 할지도 몰라
가끔은 너를 서운케 할지도 몰라

하지만 기억해
금방 그 마음을 지우며 깨닫고 반성한다는 걸

세상이 시시하고 고달프디라도
내 편이 곁에 있는 걸 기억하자
친구라는 소중한 인연이 있어
행복하다는 걸 기억하자

수많은 사람 가운데
나에게 선물처럼 온 친구야
너를 아끼는 내 맘 알지?

보고싶다
지금!

보고 싶다 친구야

깜짝 놀랄 때가 많았지
생각도 말도 행동도
어찌 그리 닮았는지
또 다른 나를 보는 것 같았어

멀리 있어도
비슷한 생각을 하고
같은 음악을 듣고
동시에 전화기를 들어 통화 중 신호가 울렸지

눈빛만 보고도 마음을 읽었어
그렇게 함께 웃고 울던 너와 나
멀리 있어서 더 애틋한 친구야

이 세상 함께할 사람을 꼽는다면
난 너를...
보고 싶다 친구야

들꽃 향기

너는 들꽃을 닮았어
꾸미지 않아도
자연스럽게 멋스러워

억지로 가꾼 인공미가 아니라
자유롭지만 절제미가 있는 들꽃

그런 네게선
들꽃 향기가 나

너만의 독특하고 좋은 향기

고향 집

친구야
나 너희 집 앞에 왔다
아직 그대로네
어릴 때 너와 나 뛰어놀던 그 집

시골집 앞에서 사진 찍어 보낸 친구
갑자기 어릴 때 생각이 물밀듯이 밀려온다

겨울이 되면
따 놓은 감이 홍시가 되도록
눈 빠지게 기다렸던 그 시절

부모님 살아 있고
형제자매들 옹기종기 모여
따뜻하게 밝혀진 백열등 밑에서
꿈을 키웠던 그곳

부끄러워 장독대 뒤에서 숨어 지켜보던
옆집 광식이는 어디서 뭘 하고 있는지...

널 만나러 가는 길

조각조각 떠 있는 뭉게구름이
부푼 마음으로 색칠되어
아름답게 작은 섬을 이루고

발자국마다
쿵쾅거리는 가슴 떨림이
웅장한 악기 소리를 내던 날

우리 둘 어깨동무하고 걸었던 거리엔
세월을 넘나든 값진 우정이 새겨져 있네

보고픈 마음 애타는 심정
발걸음은 한없이 더디고
너를 향한 마음만 저만치 앞서 가네

널 만나러 가는 길에
작은 새의 지저귐과
아름다운 네 미소가 함께하네

강산이 몇 번은 변한 세월에도
변치 않는 너와 나
우리의 우정은
세상 무엇보다 값진 선물이라네

너였으면 좋겠어

일부러 인연을 만들지 않아도 꼭 한번 만나고 싶다는 생각

너였으면 좋겠어

스쳐 가는 만남이라도
꼭 한 번 보았으면 좋겠어

조용한 찻집에 마주 앉아
그저 사람 사는 얘기 하며
고운 눈길과 미소 나눴으면 좋겠어

이젠
기분 좋은 너털웃음도
장난기 가득한 눈빛도
편안하게 볼 수 있어

쌓였던 욕심 내려놓고
만만치 않던 삶의 길목에서
만났던 이야기 담담히 풀어놓고 싶어

문득 이렇게 말이 통하는 사람이 있었나 싶어
같은 생각이냐 눈빛으로 물으면
그 뜻을 알아차리고
잘 보이려 애쓰지 않아도 되는
편안한 사람

어두운 그림자가 얼굴에 드러나도
모른 척하는 배려가 돋보이는 사람

내 맘에 허전함이 묻어날 때
스치듯이라도 만날 사람이 너였으면 좋겠어
또 너에게 그 사람이 나였으면 좋겠어

비 오는 날이면

비 오는 날이면
제일 먼저 생각나는 사람
실비 오는 사이로
하얀 미소 머금고 다가설 수 있는
그런 사람이었으면 좋겠습니다

비 오는 날이면
제일 먼저 보고 싶은 사람
작은 우산 받쳐 들고
오솔길을 걸을 수 있는
편안한 사람이었으면 좋겠습니다

비 오는 날이면
제일 먼저 대작하고 싶은
행여 실수해도 응석으로 여기며
마음을 열고 술잔을 나눌 수 있는
그런 사람이었으면 좋겠습니다

비 오는 날이면
아름다운 추억과 쏟아지는 빗물로
누군가의 아픔을 안아줄 수 있는
그런 사람이었으면 좋겠습니다

비 오는 날이면
비 오는 날이면
사랑하는 사람으로 남고 싶습니다

유리병 편지

손글씨로 꾹꾹 눌러쓴
희망 편지 한 장 유리병에 담고
백합 향 가득 넣어 띄우고 싶네

절망에 빠진 이에게
힘이 되고 싶네

나약함을 탓하며
스스로 채찍질하고 상처 내는 이에게도

사람 때문에
고통받고 아파하며 주저앉은 이에게도

깨알같이 적힌 희망 편지 한 장
유리병에 담아 전하고 싶네

그래서
살만한 세상이라고
따뜻한 세상이라고
다시 시작하고 싶은 세상이라고
힘을 얻었으면 좋겠네

찬바람 가득한 가슴에
따뜻한 봄바람이 불도록
정성껏 쓴 희망 편지 한 장
유리병에 담아 보내고 싶네

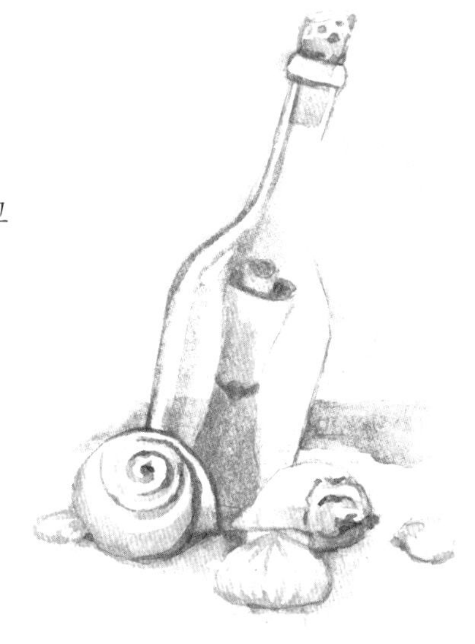

내 작은 어깨도
괜찮다면
너에게
언제든 내어줄께

친구야!
나에게
기대줄래?

친구야 나에게 기댈래?

난 아무렇지 않은데
사람들이 걱정스레 묻더라

"어디 아파요?
무슨 일 있었어요?
얼굴이 많이 상했어요"

왜 그럴까 생각했어

부담을 줄까 봐
모든 걸 혼자 짊어지고 해결하려는 것이 습관이 되어
남몰래 아파하고 고민했던 거 같아
한 번쯤 누군가의 어깨에 기댈 수도 있는데

친구야
너는 나에게 기댈래?
내 작은 어깨도 괜찮으면
언제든 내줄게

기대고 울어도 좋고
말없이 있어도 좋아
그것으로도 충분한 위로가 될 테니까

행복하시나요
그대!

질문

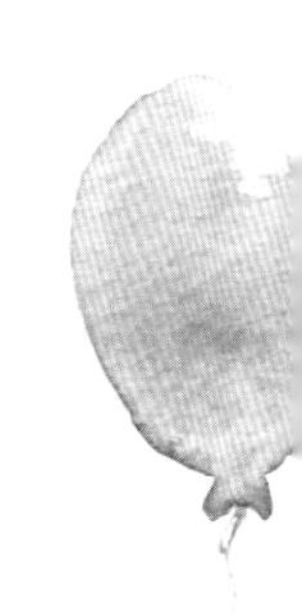

어느 날 문득
유행가 가사가
유난히 귀에 들어와
떠나지 않을 때가 있습니다

그러다
온 생각이
어느 한 사람한테 집중되어
머릿속에 수많은 기억 주머니가
불쑥불쑥 튀어나와 다른 색깔을 보이곤 합니다

슬펐던 기억
즐거웠던 기억
행복했던 기억
그리고
그리움에 밤하늘만 바라봤던 기억

오늘 밤 문득
한 사람을 생각하며
그리움의 물결에 출렁거려 봅니다

그대
질문 있습니다

행 · 복 · 하 · 시 · 나 · 요?

다행이야 네가 있어

네가 내 곁에 없었으면 어땠을까

한여름 가뭄에
논바닥이 바둑판처럼 갈라지며 열기를 토해내듯
내 삶도 한숨이 몇 배는 더 많았겠지

언제든 손잡아 주는 네가 가까이 있어
소중함을 몰랐던 거 같아

내 속 다 보이고
네 속 다 들여다보아도
고민하지 않는
소중한 내 친구야

내 인생에 발맞출 네가 있어
여린 어깨 감싸고 토닥일 네가 있어
너무 좋고 다행이라고
오늘은 꼭 말하고 싶어

따스한 온기

메마른 가지에
대롱대롱 안간힘 쓰는 나뭇잎처럼
만지면 부서질 거 같은
이 마음을 어찌해야 하나

한 줌의 바람조차
창백한 마음 다칠까
숨죽이며 지켜보던 그 어느 날

두 다리를 휘청거리며
터벅터벅 돌아온 어두운 창가에
마른 풀꽃 하나 외롭게 걸려 있구나

누군가 다녀간 흔적
먼발치에서 바라보다
이내 불 꺼진 창만 바라봤겠지

순간 밀려오는 이 따스한 온기

그리운 그 친구

여럿이 모인 그곳에
그리운 그 친구가 있었으면 좋겠습니다

사람이 많아도
둘만이 아는 눈빛으로 얘기하고
장난기 가득한 모습으로
둘만의 신호를 즐거워하는
아이의 기쁨을 느꼈으면 좋겠습니다

군중 안의 외로움을 느끼지 않도록
왁자지껄한 그곳에
그리운 그 친구가 있었으면 좋겠습니다

술잔을 기울일 때
적당히 마시라고 눈짓하고
취하지 않게 안주를 챙기는
마음을 느꼈으면 좋겠습니다

기분 좋은 만남의 자리마다
그리운 그 친구가 있었으면 좋겠습니다

오늘 같은 날

이렇게
불빛이 보이는 밤이 되면
별다른 이유 없이 누군가에게
전화하고 싶을 때가 있습니다

잘 지냈느냐고
오늘 하루도 무탈했냐고
기분은 어땠는지
마음 다친 일은 없었는지

수고했다는
기분 좋은 한마디가
아프지 않았냐는 진심 어린 염려가
얼마나 마음을 따뜻하게 하는지...

특별한 대화가 아니라도
평범한 일상을 묻고 싶을 때가 있습니다

그냥 별일 없다는
그 한마디에 새삼 감사하고
다행스러운 마음을
느끼고 싶은 날이 있습니다

오늘 같은 밤이면 말이지요

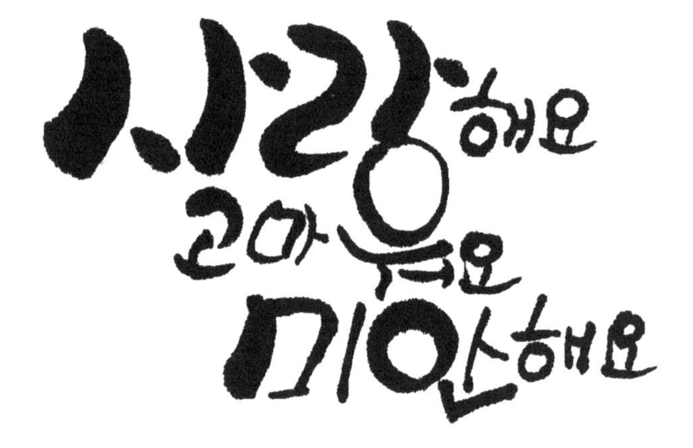
사랑해요
고마워요
미안해요

아끼지 말아야 할 것

아껴도 너무 아끼는 말
쑥스러워 못 하는 그 말
사랑해요

나 때문에 애쓰는 거
알면서도 아끼는 말
고마워요

생각 없이 말하고
상처 줬을까 걱정하면서도 아끼는 말
미안해요

가끔 침묵도 필요하지만
표현하면 좋은 말이 많다
아끼지 말자

침묵할 때와 표현할 때를 구별하는
지혜를 갖자

참 좋아요!

희망을 말하는 사람
믿음을 주는 사람
긍정적인 사람.

이런 사람 참 좋아요

하늘이 무너질 거 같이
절망하는 사람보다
어깨 들썩이며 눈물 흘리고 나서
희망을 말하는 사람이 참 좋습니다

처지를 탓하며
부정적인 말만 늘어놓는 사람보다
이만한 것도 감사하다며
활짝 웃는 사람이 참 좋습니다

헐뜯고 흉보는 사람보다
뒤에서 칭찬하고 장점을 말하며
믿음을 주는 사람이 참 좋습니다

뻔한 말이라도
처음 듣는 것처럼 맞장구치고
열심히 듣는 사람이 참 좋습니다

그렇습니다
두 눈 반짝이며 활기차게
긍정으로 똘똘 뭉친 사람이
진짜 진짜 좋습니다

좋은 사람들에게
잘해주며
살아가는
짧은 시간이다
아닌
사람을
내 인생에
넣어 잡음만 내고
있는건
아닌지...

냉정하라

때로는
냉정해야 한다

이것저것 생각하다
포기하지도 못하고
질질 끄는 게 얼마나 많은가

인간관계도 그렇다
아닌 사람을 억지로 자기 인생에 넣어
이러지도 저러지도 못하고
흠집만 내는 사람이 많다

과감하지 못하고 우유부단하여
쓸데없는 잔정에 이리저리 끌려다니는
상황인 건 아닌지
한 번쯤 생각해 보자

좋은 사람들에게
잘하며 살아가기에도 짧은 시간이다
아닌 건 아니다
과감한 결단이 필요하다

둘러보라
괜찮은 사람이
아끼고 사랑하고 싶은 사람이
주위에 얼마나 많은지

단순한 삶

스스로
복잡하게 만들지 말자
그냥 단순하게 생각하자

너무 깊게
생각하고 판단했다가
일을 그르친 적이 많다

지나고 생각하면
간단하고 명쾌하게
순리대로 처리하면 될 것을

쓸데없는 걱정으로
밤을 지새우고 몸 상해서
세상 다 산 거 같은 모습으로
자신을 힘들게 하지 말자

그동안
복잡하고 힘들게
자신을 괴롭혔으면
그만하자
이젠 단순하게 살아보자

손글씨 편지

문득 열어 본 우체통
또박또박 쓴 낯익은 글씨의
그대 편지 한 통 받고 싶네

읽고 또 읽고
지갑 안에 넣어 다니며
그리울 때 언제든 꺼내보도록

언제나 그 자리에

아직 나 그 자리에
이렇게 남아 있어
말없이 훌쩍 떠났던 날에
정지되어 버린 시간

덩그러니 혼자 남아
달빛 별빛 친구 삼아
너를 그리워하며 이렇게 있어

영화처럼 그렇게
홀연히 나타나
나에게 두 팔 벌릴 때

아무 일 없었던 것처럼
오랜 시간 지나지 않은 것처럼
낯설지 않고 편하게 맞이하고 싶어

아무 말 하지 않아도 돼
왜 그랬어야 했는지
무엇이 그렇게 힘들게 했는지 묻지 않을게

알고 있는지 모르겠구나
10년 넘게 바보처럼
같은 번호를 고집하는 이유를

가끔 걸려오는 낯선 전화에
혹시나 하고
떨리는 마음 달래며 밤을 지새웠다는 걸

바람결에 들려오는 너의 소식
어느 절에 들어갔다는 소식만 접했을 뿐
확인되는 건 아무것도 없구나

많이 궁금하고 많이 보고 싶어
내 우정도 많이 아프고 힘이 드는구나

기다릴게 언제든 돌아오렴
지금 네 모습이 어떻든 나에겐 중요치 않아
너니까 세상에 너는 하나뿐이니까

그 자리에 있을게
한 발짝도 움직이지 않고
네가 올 때까지 그렇게

넷

감성 엽서

어떤 하루

천천히 소박한 사랑으로 채워 가도록 날마다 빈 가슴이게 하소서

빈 가슴으로 시작하게 하소서

아침에 눈을 뜨면
가장 먼저 마음을 비우는
기도를 하게 하소서
오늘 하루도
빈 가슴으로 시작하게 하소서

가득 찬 마음으로
작은 허물 밀어내지 않고 감싸도록
그래서 가득 찬 삶의 흔적보다
비워진 공간을 조금씩 채워 가도록
빈 가슴으로 시작하게 하소서

어느 틈에
자신도 모르는 사이
작은 갈등으로 괴로워할지 모르니
모두 비워 놓고 하얀 백지상태에서
하루를 시작하게 하소서

천천히 순리대로
조금씩 채워 가도록
그리하여 오늘도 후회 없이 살았노라
조용히 미소 짓는 행복을
하루를 마친 시간에 맛보게 하소서

다음 날도
그 다음 날도
천천히 소박한 사랑으로 채워 가도록
날마다 빈 가슴이게 하소서

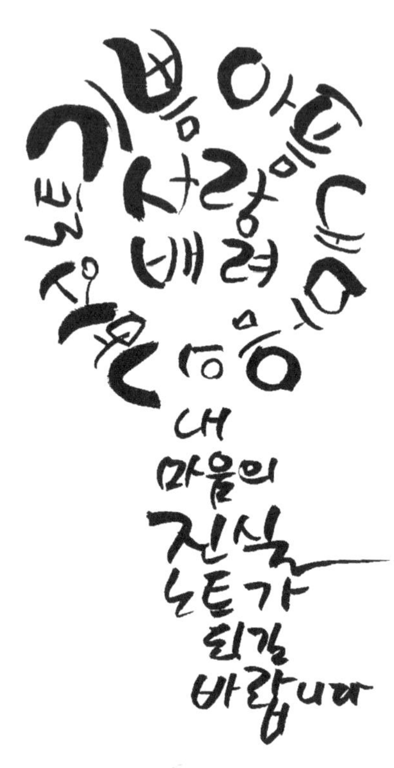
기쁨
사랑
배려
내
마음의
진실
노트가
되길
바랍니다

내 마음의 감성 노트

내 마음에
아무것도 쓰지 않은 하얀 백지의
작은 노트를 몇 개 마련했습니다

기쁨을 기록하는 기쁨 노트
아픔을 기록하는 아픔 노트
사랑을 기록하는 사랑 노트
이루고 싶은 꿈을 기록하는 꿈 노트
마음 다친 친구 손을 잡아 줄 배려 노트

가끔 내 의지와 상관없이 생기는
순간순간 미워하고 원망하는
불편한 마음을 기록하는 미움 노트

하지만 다짐합니다
기쁨과 사랑과 배려 노트에는
고운 마음 그대로 담아 고이 간직하고

순간순간 찾아와 괴롭히는 미움 노트에는
성능 좋은 지우개 하나 함께 묶어
그때그때 그 마음을 지우겠습니다

내 마음의 감성 노트에는
오늘도 수많은 사연이 기록될 것이고
뜻하지 않는 기쁨과 슬픔도 함께할 것입니다

시간이 지난 어느 날
문득 꺼내 읽어볼 때
그래도 살 만한 세상이구나 미소 지을
내 마음의 진실 노트가 되길 희망합니다

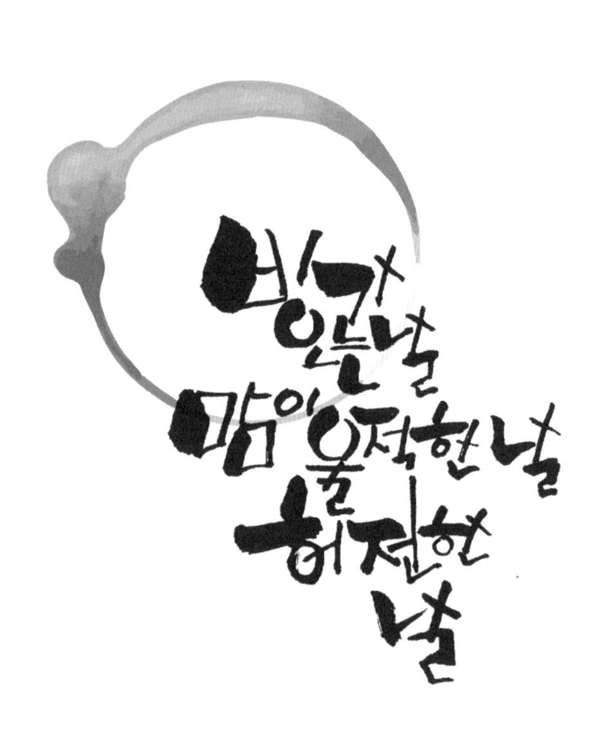
비가 오는 날
맘이 울적한 날
허전한 날

술 한잔 생각나는 날

유난히
술 한잔하고 싶은 날이 있다

비가 오는 날
맘이 울적한 날
왠지 모르게 허전한 날

너무 조용한 곳보다
시끌시끌한 선술집이 좋다
서민들의 삶과 애환이 묻어나는 곳

소주 한잔에 온갖 시름과 외로움
머릿속에 가득한 잡념도 마셔 버린다

딱 석 잔만 하고
집으로 돌아가는 길은
세상을 다 가진 것처럼 마음 부자가 된다

가끔은
술 한잔이 약이 되고
지우개가 된다

누가 그러더라
인생은 알콜이라고
인생 별거 있나? 별거 있냐고

해밀

비가 와서
많이 젖었나요?

이유도 없이
거리를 헤매고 다니며
흠뻑 젖었나요?

삶이란
때로는 그런 거랍니다

비에 젖기도 하고
바람에 흔들리기도 하고
어둠 속에 갇히기도 한답니다

하지만
그 시간이 길지만은 않아요

오늘 하늘을 한 번 보실래요?

언제 비가 왔는지
언제 천둥이 쳤는지
언제 어둠이 있었는지 모르게
맑게 갠 하늘을 선물하잖아요

바로
바로
해밀 같은 날을
우리는 자주 선물 받는 걸요
우리가 모르고 있을 뿐이지요

불빛

어두운 밤에
어두운 마음에
불을 켜세요
환하게

불빛

그래
그거였어

차갑게 식어 버린
몸과 마음을 녹일 것이

창 밖으로
새어 나온 불빛
그 불빛이었어
그곳에서 들려오는 웃음소리

퇴근길에
발걸음을 재촉하는 것도
내가 켜 놓은 밝은 빛의 따스함을
가족에게 느끼게 하고 싶어서지

불 꺼진 집에
어두운 집에
들어가기가 참 서글프거든

어두운 밤에
어두운 마음에
불을 켜세요 환하게

삶의 낙서

나는 날마다
낙서한다
내 삶에 내 마음에

1.

오늘은
숙제가 없었으면 좋겠어
시험 끝난 다음 날처럼
잘 봤든 못 봤든 홀가분했으면 좋겠어

2.

시간을 죽이는
하루하루는 내 삶의 최악이야
원하는 걸 하고 살자 지금처럼!
그게 너다워!

3.

향긋한 커피 한잔이
목을 타고 가슴으로 전해질 때
문득 네 마음이 느껴졌어
따뜻하고 향기롭더라

4.

눈 코 입
비슷한 듯하면서 다른 사람들
생각이 다르고
말투가 다르고
마음이 다르지만
그래도 참 좋은 사람들!

5.

상대를 해치며
먹고 살아야 하는
생존경쟁도 아닌데
무엇 때문에 아웅다웅하는가?
그냥 웃고 살자
그냥 비우고 살자
그냥 속없이 살자

6.

친구야!
세상은
좋은 사람투성인데
가끔 쓰레기도 있더라

나? 있지
어제 ㄸ ㅗ ㅇ 밟았다
개똥 소똥 고양이똥 말고
인간쓰레기

쓰레기차 보내라

내 몫

실패하고 싶은 사람 있겠어?
모두 탄탄대로로 쭉 성공하고 싶지
내 맘대로 내 뜻대로 안 돼서
실패하는 거야

노력이 부족했던지
운이 안 좋았던지
시기가 나빴던지
이유는 가지가지지

분명한 것은
모두 내 탓이라는 것이고
더 분명한 것은
모두 내 몫이라는 것이지

그러면 어떻게 해야 할까?

인연

인연이라는 것은
맺기만 하는 일이 아닙니다

조금만 소홀하면
멀어지기 일쑤입니다

인연이라는 나무는
햇빛을 주고
물과 영양분을 주어야
뿌리를 깊게 내립니다
관심과 사랑으로 보살펴야
꽃을 피우고 열매를 맺습니다

그래야
오래가는 좋은 인연이 됩니다

회상

가만히 살아온 날을 생각합니다

낡은 필름이
덜컹거리며 돌아가는데
기쁘고 즐거웠던 순간은
선명한 색채로 다가오고
지워버리고 싶은 기억은
기억 저편 구석에 자리하고 문득 한 번씩
내 인생의 스크린에 상영됩니다

좋은 일만 있으면
어찌 인생이겠습니까
궂은일도 함께해서 여기까지 왔겠지요

그래도 열심히 살아온 내 인생에
앞으로도 수고할 내 인생에
조용히 토닥토닥 합니다
고생했다고

편지 쓰고 싶은 날

홀로 깨어 있는 날엔
예쁜 종이와 펜을 찾는다
편지가 쓰고 싶어서이다

쓰고
지우고
파지를 여러 장 만들지만
이젠 됐겠지 하고 곱게 접어
봉투에 넣는다

정성껏
우표를 붙이고 우체통을 찾지만
결국은 부치지 못한 편지가 되어

내 마음속은
커다란 그리움이
눈덩이처럼 커져만 간다

내 생의 가장 젊은 날
오늘

내 생애 가장 젊은 날

오
늘
.
.
.

그렇구나
가장 젊은 날이었어

오늘이 가면
또 하루만큼
나도 나이 드는구나

순간순간 잊고 사는 거지
순간순간 소중한 오늘을
의미 없이 보내기도 하지

그러다 문득
언제 여기까지 왔나
깜짝 놀라곤 해

뒤늦은 깨달음에
가슴 졸이지 않으려면
내 삶의 가장 젊은 날인 오늘을
후회 없이 보내기를

방울방울 빗방울

세차게 내리는 소나기가
심장을 뚫을 것처럼 퍼붓더니
금방 지나가더라

오히려
소리 없이 내리는 가랑비가
내 마음도 적시고
내 슬픔도 적시고
그대 향한 그리움도 깊어지게 하더라

오늘처럼
빗소리에 눈을 뜬 새벽은
수많은 생각 덩어리가 굴러다니고

내리는 비에 희석될 줄 알았던
가슴속 깊이 박힌
곪아 있는 상처 하나 다시 덧나며
시름시름 앓게 하더라

어둠과 빗소리만 가득한 그 시간은
재방송 드라마처럼
어김없이 그때 그 아픈 장면이 떠오르더라

우산 하나
선물하고 싶다
마음의 비를
막아줄 단단하고
예쁜 우산
하나를…

비 오는 날에 우산 하나

비 오는 날은
예고한다지

하늘이 어두워지고
바람이 불기도 해

말하지 않아도
우산을 준비하고
간편한 옷차림에
퇴근 시간 선술집 약속까지

하지만
마음에 내리는 비는
예고 없이 문득문득
쏟아지곤 해

소리 없이 내려
서서히 젖기도 하고
소나기처럼 쏟아져 허우적대다
깜짝 놀라 정신 차리기를 몇 차례

나에게
또는 누군가에게
가슴을 적시는 비를 맞지 않게
우산 하나 선물하고 싶다

마음의 비를
막아 줄
단단하고 예쁜 우산 하나를

비 온 뒤 갠 하늘이 예쁘다는 걸

알고 있지?

비 온 뒤 하늘이
훨씬 예쁘다는 걸

비 온 뒤
거리가 훨씬 깨끗하다는 걸

비 온 뒤
날씨가 훨씬 쾌청하다는 걸

비 온 뒤
바람이 훨씬 상쾌하다는 걸

가끔 그런 생각을 해

너와 나 예상치 못한 일로 잠시 소원해졌다가
원위치 되었을 때 그 기분처럼

한 발 더 다가선 느낌 같은 거

나에게 띄우는 글

새로운 하루를
선물 받은 아침에
눈을 뜨며 다짐했던 일들을
잊지 않고 보내기를

내 맘처럼 되지 않는다고
의기소침하거나
포기하지 않는 하루이기를

커피 한잔 마실 수 있는
소중한 시간에
참 좋은 사람들을 떠올리며
감사하는 마음을 갖기를

가방 안에 시집 한 권쯤 챙겨
자투리 시간에라도
시인의 감성과 함께하기를

나 아닌 다른 사람을
이해하고 바라볼
넉넉한 마음을 갖기를...

어떤 하루

잠시 만나
식사하고 차 마시고
별다른 얘기 하지 않았는데도
마음이 따뜻하고 기분이 좋아졌습니다

우리는 어떤 인연으로
강산이 변하고도 남을 이 시간을
함께 울고 웃었을까요

마음이 맞고
이야기가 통해
서로 좋아할 수밖에 없는 우리

당신으로 행복한 오늘 같은 날이
당신으로 따뜻한 오늘 같은 날이
앞으로도 계속되길 바랍니다

어떤 날은 나 때문에 울지만
어떤 날은 당신 때문에 웃습니다

투명한 아침

아침 이슬 머금은
투명한 아침을 맞이하는 시간

모두 잠든 고요한 시간이지만
어두운 거리에는
부지런한 누군가의
분주한 발걸음이 이어진다

남다른 마음가짐으로 하루를 시작하겠지

어제는 어제고
오늘은 오늘이다

어제는 떠나버린 과거고
오늘은 백지상태의 미래다

오늘이라는 선물에
무엇을 그릴까
무슨 색을 칠할까

엄니

예닐곱명 낳아길러 북적북적 하더니만
어느사이 모두떠나 홀로남아 하늘보네
허리한번 펴지못해 세월따라 굽어지고
하늘한번 볼라치면 아득하고 아득하네

무탈하게 커준자식 미안하고 고마웠네
넉넉하지 못한살림 부대끼며 힘들겠지
가을걷이 끝난들녁 왜이렇게 허전할까
휑한바람 불어오고 가슴까지 시려오네

흰둥이야 너는아니 이내마음 너는아니
가슴까지 파고드는 알수없는 서러움을
고맙구나 고맙구나 말벗되고 친구되어
앞서거니 뒷서거니 날지키는 네마음이

무소식이 희소식돼 잘있겠지 생각해도
보고싶은 이간절함 너희들이 알겠느냐
무탈하고 건강하게 잘지내면 그만이지
이세상의 부모마음 모두같지 않겠는가

신 며느리 별곡

우리나라 명절중에 한가위가 찾아왔네
없었으면 좋겠지만 내맘대로 아니되니
이나라의 며느리로 사는이상 못피하네
이왕지사 할일인데 기분좋게 시작하세

동서들아 들어봐라 오밤중에 얼굴비춰
아양떨고 가지말고 일찍일찍 서둘러라
그래봤자 몇번이냐 마음먹기 나름인데
습관처럼 늦게오니 얄밉기가 그지없네

엄니엄니 우리엄니 예쁜따님 시집보내
그따님도 며느리니 딸이라고 생각하소
며느리도 소중하게 내딸처럼 아껴주면
고부갈등 왜생기나 서로서로 사랑하지

남편들아 들어봐라 니집갔다 좋아말고
손가락에 깁스말고 이거저거 도와봐라
나도나도 친정있고 부모형제 보고프다
니집갈땐 서두르고 처가갈땐 모른체냐

내마음이 미소지면 가족모두 함박웃음
내마음이 찡그리면 가시밭길 따로없네
지혜롭게 명절지내 기분좋은 웃음짓고
사랑하는 마음담아 행복으로 함께하세

부모님 별곡

수백리길 멀다않고 부모라고 찾아왔네
해준것도 별로없이 고생고생 시켰는데
어느사이 자식낳아 부모입장 생각하고
주름가득 얼굴보며 눈물방울 그렁그렁

세상에서 제일귀한 내아들과 내딸아이
누구보다 풍족하게 키우고만 싶었는데
세상살이 만만찮아 못입히고 못해줬지
당당하게 살아주니 이것또한 행복인가

슬그머니 내민봉투 얇아져서 얼굴붉힌
내며느리 고운심성 가슴까지 뭉클하네
맞벌이에 애들교육 살림까지 해가면서
싫은내색 한번않던 그마음을 모르겠나

많고많은 사람중에 내며느리 되어주고
내아들을 사랑하고 아껴주니 최고이지
그무엇을 바라겠나 서로서로 사랑하며
이해하고 배려하며 알콩달콩 살아주길

함께있는 짧은시간 순간멈춤 하고싶네
짐을챙긴 내새끼들 두어깨가 무겁구나
잠시느낀 작은평화 마음깊이 간직하여
힘이들고 지쳐갈때 살짝꺼내 미소짓길

이제남은 시간들은 감사하며 살고플뿐
폐끼치지 않고있다 조용하게 눈감고파
세상살이 고달플때 언제든지 찾아오면
따뜻하게 지은밥상 먹이고픈 부모마음

그언제나 그자리에 너희자리 남겨두고
두팔벌려 반겨주는 내편여기 있으니까
갈곳없는 허전함에 이리저리 방황할때
지체없이 발길돌려 찾아와서 함께하길

부부 온도

높았다가 낮았다가 변덕심한 부부온도
오랜시간 살다보니 어느사이 중간온도
이리갔다 저리갔다 세월따라 움직이고
불같았다 얼음같다 알쏭달쏭 수수께끼

이팔청춘 팔팔끓는 뜨거웠던 그시절도
흘러가는 세월따라 한발뒤로 물러서고
차가웠던 말한마디 영하온도 내려갔다
작은배려 감동하며 적정온도 맞춰졌네

연애는 포도주고 결혼은 소주라 하네

연애할땐 알수없지 좋은것만 보이니까
눈이멀고 마음멀어 콩깍지가 씌어있지
와인잔의 미끈함과 포도주의 화려한색
씁쓰레한 그맛에도 달콤하다 생각했지

아프다고 얘기하면 오밤중에 약사오고
심통나서 토라지면 온갖애교 동원했지
사랑한다 남발하며 오글오글 애정표현
그말믿고 남은인생 아낌없이 투자했지

결혼이란 현실앞에 잠시동안 헷갈렸네
무지개빛 고운꿈은 생각처럼 쉽지않고
소주한잔 털어넣고 쓰디쓴맛 음미하며
결혼이란 환상아닌 현실이고 생활이네

쉽지않는 사회생활 힘겨워서 지쳐가면
토닥토닥 한마디에 위로받고 용기얻어
같은곳을 바라보며 살아왔던 지난세월
연민으로 가득해진 우리들의 결혼생활

사람사는 모습들은 거기거기 비슷하여
내게맞게 숙성시켜 살아가면 그만인걸
연애할땐 포도주고 결혼생활 소주라네
연애할땐 달콤하고 결혼후엔 쓰다하네

남자의 삶

남자로 태어나서 남자로 산다는건
하늘이 주는축복 감사로 생각했네
꿈많던 젊은시절 충만한 열정으로
열심히 살아왔던 그시절 좋았었네

영원한 청춘같던 세월이 흘러갔네
여름도 떠나가고 가을이 찾아와서
하늘은 미소짓고 갈대숲 가득한데
시간의 가속도에 가슴이 허전하네

남자의 인생에도 청춘은 떠나가고
어느새 잔주름과 흰머리 가득하네
한집의 가장으로 살아온 남자의삶
책임감 가득하고 어깨가 무거웠네

퇴근길 지친몸을 쓰디쓴 소주잔에
담아본 인생길이 쉽지는 않았지만
목청껏 소리질러 불러본 내노래는
슬픔만 아닌것은 내가족 사랑때문

한개비 담배물고 지난날 생각하니
내가족 위한삶이 그래도 행복했네
앞으로 남은인생 행복한 동행길에
감사한 마음으로 아끼며 살아가리

홀로 가는 길

내살아온 길목따라 뒤돌아서 찾아가니
많고많은 인연들이 잊혀지고 함께했네
어깨동무 했던인연 눈물줬던 아픈인연
미운마음 남겨두고 멀리떠난 갈등인연

어느시인 얘기했나 인생길은 소풍이래
이세상에 소풍와서 잠시빌린 인생살이
무슨욕심 그리많아 아웅다웅 하고사나
좋은것만 기억해도 넘쳐나는 인생인걸

사람들은 얘기하네 인생길은 혼자라고
잠시서로 빌린어깨 돌려주면 혼자라고
혼자이면 어떠한가 홀로가면 어떠한가
함께했던 기억들이 좋은친구 되어주리

다섯

행복 엽서

내 삶에 꽃피던 날

행복
언제나
마음속에
있는 것

행복 1

가슴 뛰는 행복
거창한 것 아니더라

속 깊은 한마디에
가슴 따뜻해지고

작은 정성에
가슴 설레고

토닥토닥 손길에
마음 따스하더라

겨우내 잘 견딘
초록빛 고운 싹 얼굴 내밀면
새로운 희망이 솟고

어두운 밤 반짝이는 별빛이
메마른 나뭇가지 지키는 것도
기분 좋은 행복이고

향기 나는 여린 꽃 한 송이에
마음까지 향기가 느껴지더라

행복
가슴 뛰는 행복
별거 아니더라

누군가
물어주는
안부가
큰감동으로
다가오는구나
가슴뭉클하게...

안부

보고 싶었는데 어떻게 지내세요
누군가 묻는다

고맙다 참 고맙다
한마디에 많은 뜻이 있다

어디 아프냐, 무슨 일 있느냐
꼬치꼬치 묻지 않아도
진심이 묻어나는 한마디에
눈물이 핑 돈다

이런 거였구나!
누군가에게 안부를 묻는 것이
누군가의 안부가 궁금한 것이

호들갑스럽지 않게
조용히 묻는 안부가
큰 감동이 되는구나

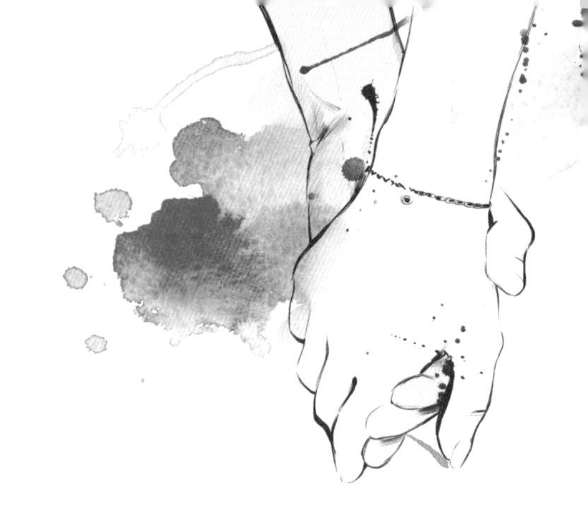

동행

처진 어깨
감싸주고
토닥이며
함께 가는
동행길

동행

살다 보니
탄탄대로만
있는 것이 아니더라
꼬불꼬불 산길과
숨차게 올라야 할 오르막길

금방 쓰러져 죽을 거 같아
주저앉았을 때
밝은 빛이 보이는
등대 같은 길도 있더라

숨 가쁜 인생길
이리저리 넘어져 보니
어느새 함께 가는 벗이 생겼고
따뜻한 눈으로 바라보고 아껴 주는
아름다운 이들이 함께 가고 있더라

절대 만만치 않은 우리 삶
스스로 터득한 삶의 지혜와
깨우침을 준 내 인생에
참 고맙다고 말하고 싶다

한 치 앞을 모르는 우리의 내일을
처진 어깨 감싸 주고 토닥이며
참 좋은 이들과 함께 가는 동행 길
그 또한 행복이 아니던가

행복 2

누군가에게 해 줄 것이 있을 때

건강한 몸과 마음으로
마음만 먹으면 뭐든 할 수 있을 때

아침에 일어나
마주 보고 웃을 가족이 있을 때

지혜로운 방향을 생각하며
자기 계발할 때

힘들고 아파도
위로와 용기를 주는
음악과 책과 푸른 하늘이 있을 때

무엇보다
가슴 따뜻하게 하는
사랑하는 사람이 있는 걸 깨달을 때

그냥 좋은 것

좋은 음악이란
내 감성을 자극하는 것이다
때론 신나고 때론 눈물 나게
그 순간 기분에 따라 다가오는 것이다

좋은 글이란
온갖 언어 동원하여 포장한 글이 아니라
읽는 순간 가슴 떨리게 공감되는 글이다

좋은 사람이란 나와 잘 맞는 사람이다
생각도 대화도 마음도 잘 맞는 사람이다

좋은 집이란 대궐 같은 곳이 아니라
따뜻한 사랑이 넘치고 피곤한 몸과 맘을
편히 쉬게 하는 편안한 공간이다

이렇듯 좋은 것이란
내 상황과 기분에 따라
크게 다가오거나 시시하게 다가온다

어느 시인의 글을
어느 가수의 노래를
누가 감히 좋다 나쁘다 말하겠는가

모든 건 그 순간 내 기분에 따라 달라지는 것을

OWOCE
꽃
세상에는
보다 아름다운
사람들이
참 많습니다
바로 당신
입니다

꽃보다 아름다운 사람

꿈과 열정을 지닌 당신은
꽃보다 아름다운 사람입니다

배려와 곧은 품성을 지닌 당신은
꽃보다 아름다운 사람입니다

미움을 버리고 용서하는 당신은
꽃보다 아름다운 사람입니다

먼저 손 내밀고 봉사하는 당신은
꽃보다 아름다운 사람입니다

첫인상과 다르게 겪을수록 진국인 당신은
진정 꽃보다 아름다운 사람입니다

세상에는
꽃보다 아름다운 사람이 참 많습니다
당신이 그런 사람인 걸 잊지 마세요

서툰
엄마아빠에게
선물처럼
찾아와
설렘과 기쁨과
사랑하는
법을
알려주었지

너희는 행복이고 기쁨이었다

너희는 서툰 엄마, 아빠에게
선물처럼 찾아와
설렘과 기쁨과 사랑하는 법을
알려 주었지

엄마, 아빠는
너희를 만나서
인생의 참맛을 알았고
하루를 기쁨으로 시작하였다

사랑하는 아들, 딸아

좋은 환경을 주고 싶었는데
부족한 것투성이라 미안하구나

그래도
엄마, 아빠는 너희와 가족으로 엮어진 인연이
세상에서 가장 소중하단다

언제까지나 지키고
언제까지나 아끼고
언제까지나 사랑하고 또 사랑한다

늘 감사합니다

감사합니다

이른 아침
새소리에 눈을 뜨고
평온한 일상을 선물 받아
감사합니다

내 생애 가장 젊은 날인 오늘을
짜임새 있게 계획하고
실천할 수 있어 감사합니다

좋은 사람이 함께하고
많은 인연을 맺을 오늘
기분 좋은 만남의 자리를
기대할 수 있어서 감사합니다

지금에 감사할수록
감사할 일이 많이 생긴다는
그 말이 감사합니다

배려가 묻어나는 사람

모르는 사람이라도
따뜻이 배려하는 사람을 보면
기분이 좋아집니다

뒷사람이 나올 때까지 문을 열고 기다리는 사람
엘리베이터를 멈추고 달려오는 사람을 기다리는 사람
어린아이에게 화장실을 양보하는 사람
갑작스러운 비에 어쩔 줄 모르는데 우산을 씌워 주는 사람

습관처럼 배려가 묻어나는 사람을 보면
따뜻한 마음에 행복해지고 따라 하고 싶습니다

이 작은 감동은 다시 큰 사랑으로 거듭나지요
당신과 나로 인해 아름답고 행복한 세상이 되기를 바랍니다

미소

미소는
마음을 열게 하는 비타민입니다

미소는
표정으로 보여 주는 관심입니다

미소는
사랑을 전하는 말 없는 행위입니다

미소는
침묵 속에서 빛나는 최고의 찬사입니다

미소는
많이 지을수록 복이 찾아옵니다

미소는
3초안에 이미지를 결정하는 초고속 무기입니다

미소는
공짜로 상대를 사로잡는 요술방망이입니다

내가
누리고 있는
이 많은
것들은
그 누군가
간절히
바라고 있는
삶일 수도
있다
감사하자!

감사하자

지금 누리는 것에 감사한 적 있는가

남과 비교하며
만족을 모르고 살지 않았는가

그럴수록 멀어지는 행복과
그럴수록 채워지지 않는 마음과
그럴수록 못마땅한 자신을 탓하며
우울증에 빠진 적 있는가

그러지 말자
내가 대수롭지 않게 누리는 것이
누군가에겐 간절한 것이다

아름다움을 보는 눈과
어디든 가는 다리와
지혜로운 마음과
건강한 몸에
감사하며 살아가자
감사할 일을 만들며 살아가자

그녀는 예쁘다

어쩜 저렇게 씩씩할까
그녀를 보면 이런 생각이 든다

오뚝이 같은 그녀
어려운 일이 참 많았는데
잘 견뎌내고 아무 일 없었다는 듯
내 앞에서 웃지 않는가

나 같으면 시무룩해서
몇 번은 위기를 느꼈을 텐데
그녀는 보란 듯이 이겨낸다

그런 그녀가 참 예쁘다

달라도 너무 다를 거 같은 우리는
참으로 이상할 만큼
대화도 잘 통하고 성격도 잘 맞는다

거친 듯하면서도 여리고
차가운 듯하면서도 따뜻하고
가볍지 않고 속 깊은 그녀가
나는 참 좋다

그렇게 좋은 그녀가
언제든 찾아갈 수 있는 그곳에 있어
더 좋다

볼 때마다 그녀는 참 예쁘다

소망합니다

가진 게 많은 사람은
겸손하기 어렵고
가진 게 없는 사람은
당당하기 어렵다

하지만 우리는
조금 부족해도
무조건 당당하게
그리고 겸손하게!

있는 사람이 베풀고
없는 사람이 열심히 사는
기분 좋은 사연이
세상에 넘쳤으면 좋겠다

망각의 선물

선물을 받은 거야
잊고 다시 시작하는 선물

모든 것을 하나하나 기억하며
머릿속에 쌓아두면
새로운 시작도 못 하고 과거에서 헤매며
시간 낭비하는 거지

때로는 기억이 희미해지고
잊는 것도 축복이야

오늘 또다시 시작하는 거야
처음 그 마음으로
화이팅 다시 시작하는 거야

불행과 행복은 백지한장 차이다
행복은 내 마음속에 있다

행복은 마음속에 있다

세상은
불공평한 거 같으면서도
공평한 게 많다

그중 한 가지는
마음만은 스스로 조종한다는 것이다

마음먹기에 따라
행복과 불행을 나누는 백지 한 장이
어느 쪽으로 기울지 결정된다

많이 가졌다고 행복한 것도 아니고
조금 부족하다고 불행한 것도 아니다

결국 행복은
마음속에 있다

나와
다르다 해서
싫어할
이유도
적을 만들
이유도
없는 것이다
그냥 서로
다름을
인정해
버리면
그만이다

다름을 인정하자

세상에는
많은 사람이 산다

도시 한복판이나
한적한 시골에도
어김없이 사람이 산다

그 많은 사람이
어찌 나와 같겠는가
내 맘 같은 사람이 몇이나 될까

함께 태어난 쌍둥이도 서로 다른데
살아온 환경도 생판 다른 사람들이
같을 수는 없다

나와 다르다 해서
싫어할 이유도
적이 될 이유도 없다
다름을 인정하면 그만이다

마음 다이어트

넘치는 생각, 욕심 모두 비워버리자

마음 다이어트

마음에도
다이어트가 필요하다

불필요한 감정
불필요한 생각
불필요한 욕심을 빼 버리자

친구들아
날씬한 몸매만 추구하지 말고
마음도 한번 쭉쭉 빵빵 만들어 보자

나도 모르게
욕심으로 가득 찬 삶을
새털처럼 가벼운 마음으로 바꿔 보자

지금부터
마음 다이어트 시~~~작!

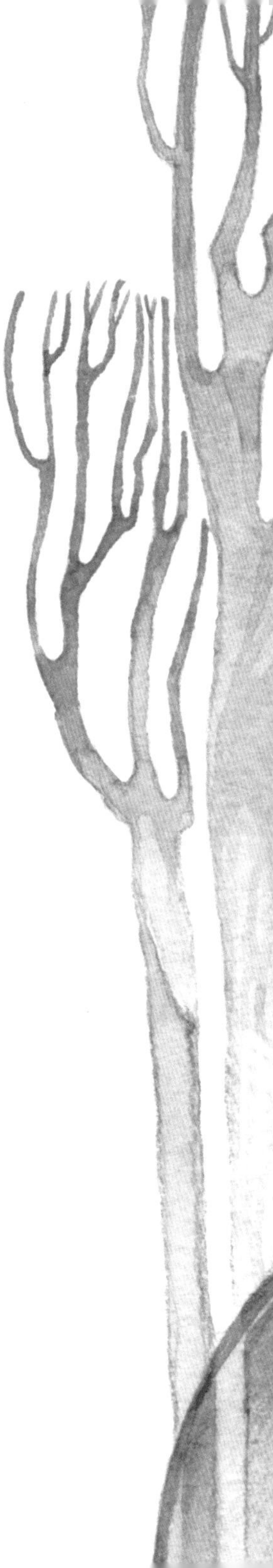

참 좋은 사람들
향기나는
차 한 잔
감미로운
음악
소소한 일상의
작은 행복
우리가
잊고 사는
것들이
얼마나
많은가

우리가 잊고 사는 것들

먼 여행 다녀온 사람은
세상에서 집이 가장 편한 것을
잘 안다

많은 사람과 부대끼며 산 사람은
맘 편한 친구가 최고라는 것을
잘 안다

호기심에 여기저기 관심을 기울이지만
결국은 익숙한 게 좋은 걸 알게 된다

소소한 일상과 작은 행복
일주일 일하고 쉬는 꿀맛 같은 휴일이
얼마나 달콤한지 잊고 산다

잃어버린 다음에야 알아채지만
이미 많은 것이 곁을 떠난 다음이다

잊지 말자
이 소소한 일상의 행복을

로그아웃, 로그인

좋지 않은 생각과
속상했던 기억에서 로그아웃

마음속에 싹트는
미움과 원망에서 로그아웃

가시 같은 한마디에
상처받은 마음에서 로그아웃

한 번 실패에 벗어나지 못하고
허우적거리던 마음에서 로그아웃

악의로 대하는 사람에게
통쾌하게 한 방 날리지 못하고
속으로만 힘겨워 한 마음에서 로그아웃

로그아웃해야 하는 수많은 것을
쌓아 두고 아파했던 여린 마음에서 로그아웃

이제부터
유쾌하고 통쾌하고 상쾌한 것에
로그인할 때

밝고 긍정적이고 지혜로운 것에
로그인할 때

사랑과 행복과 배려에 감사하며
로그인할 때

도우며 베풀고 손잡아 주는 삶에
로그인할 때

이런 나날이었으면

햇살 가득한 아침에
부스스 눈을 떠 창문을 열면
강가에 물안개 피어오르고

향기 있는 차 한 잔
티 테이블에 올려놓고
고운 노래 부르는 새소리에
행복한 미소 지었으면

찬바람에 감기 든다며
겉옷 하나 챙겨 와 어깨를 감싸는
따뜻한 마음이 담긴 손을 잡으며

이 소소한 일상이 얼마나 행복하고
눈물겨운지 마주 보는 눈빛만으로
전할 수 있었으면

작은 텃밭에 심어 놓은
고추며 상추를 따와서
왁자지껄 웃으며 찾아올
좋은 사람들의 소박한 밥상을 준비할 수 있었으면

어둠이 내리는 고요한 밤이 되면
동화처럼 예쁜 작은 마을을 산책하며
지난 이야기 도란도란 나눌 수 있었으면

늘 동동거리며 사는 삶을
조금씩 내려놓고 자연의 순리대로
욕심 없이 해맑게 살았으면

아
낌
없이
사
랑
하라
오늘이
마지막인
것처럼…

마지막인 것처럼

세월 금방 간다
잡으려 해도 잡히지 않는 게
세월 아니던가

내일로 미루면
이미 늦은 시간이 된다

늘 곁에 있을 거 같지만
어느 날 뒤돌아보면
많은 것이 곁을 떠났을지 모른다

사랑할 수 있을 때
아껴 줄 수 있을 때
미루지 말고 사랑하라
아낌없이 사랑하라

하루하루가 마지막인 것처럼

내 삶에 꽃피던 날

내 삶에 꽃피던 날이
얼마나 있었나

크고 작은 꽃이 많이도 피었다

내 편이 생겼을 때
좋은 친구가 생겼을 때
예쁜 아이가 태어났을 때
원하는 일을 해냈을 때
캘리그라피를 처음 배울 때
수필가로 등단했을 때
시인으로 등단했을 때
처음 내 집을 마련했을 때

앞으로도
수많은 꽃이 피어나겠지
크고 탐스럽지 않아도
흔한 들꽃처럼 소박하게
향기 나는 꽃이 피어나겠지

한번쯤
모두 내려놓고
쉬어가자
잠시 찍어보는
내 삶의 쉼표는
어떤가
브레이크 없는
내 삶이
너무 안쓰럽지
않은가

쉼표

무엇이 그리 바쁜가
한 번쯤 쉬어 가면 어떠리
기계도 기름칠하고 쉬어야
잘 돌아가지 않는가

많은 걸 짊어지고
하나라도 내려놓으면
큰일 날 듯 하지 말자
빈손으로 왔다가 빈손으로 가는 것을

한 번쯤
삶에 쉼표를 찍어 보자
브레이크 없는 삶이
안쓰럽지 않은가

여섯

사랑 엽서

당신을 선물합니다

내게
따뜻한
봄날 같은
사랑을
주는 당신이
참 좋다

참 좋다 당신

모든 사람에게 친절한 사람보다
남에게 무뚝뚝하고 매력 없어도
나에게 마음 쓰는 당신이 참 좋다

다정다감하게 표현하지 않아도
툭 던지는 한마디가 오랜 여운으로 남는
당신의 마음이 참 좋다

가끔 힘이 들어 축 처진 어깨 내보이면
호들갑 떨며 위로하지 않아도
조용히 지켜보며 소주 한잔 권하는
당신이 참 좋다

추운 날씨보다 더 차가운 이 사회에
따뜻한 봄날 같은 마음과 사랑을 주는
당신이 있어 참 좋다

당신은 선물입니다

이 세상 무엇과도
바꿀 수 없는
소중한
선물입니다

Love

당신은 선물입니다

이 넓은 세상에서
당신을 만난 건
너무나 소중한 선물입니다

가슴이 따뜻한 당신을
마음이 깊고 깊은 당신을
따뜻한 배려가 묻어나는
당신을 만난 것은 커다란 행운입니다

그런 당신이
이 많고 많은 사람 중에
어떻게 내게 왔을까요

늘 웃는 당신은
늘 지켜 주는 당신은
늘 걱정하고 격려하는 당신은

내 가슴을 뛰게 하는
내 심장을 뛰게 하는
세상 무엇과도 바꿀 수 없는 선물입니다

참 고마운 사람

별일 아닌 일로
시시콜콜 얘기해도
맞장구치며 신나게 하는 사람

된장찌개에 밥 한 그릇 뚝딱 먹고도
고급 음식 먹은 것보다 맛있다며
칭찬하는 사람

길을 지나다 예뻐서 샀다며
반짝반짝 촌스러운 머리핀 하나 건네며
행복해하는 사람

운동화 끈 풀린 줄도 모르고
덜렁대며 뛰어가는데
세워 놓고 앉아서 매어 주는 사람

비좁은 주차 공간에서
어쩔 줄 몰라 헤매는데
폼 나게 주차하고 싱긋 웃는 사람

살다 보니 이 소소한 것에도
고마운 사람이 많다
나도 누군가에게
고마운 사람이 되어야지

사랑합니다

세상에서 가장 애틋한 한마디
세상에서 가장 따뜻한 한마디
세상에서 가장 든든한 한마디

당신을
당신을

사
랑
합
니
다

좋은 날
기쁜 날보다
맘이 복잡하고
삶이 벅찰 때
늘 그렇게
가장 먼저
떠올라
미안하게
하는 사람

가장 먼저 떠오르는 사람

아프고
힘들 때마다
가장 먼저 떠오르는 사람

전화도 되지 않는
너무 먼 곳에 있어
그리움만 쌓이게 하는 사람

혹시 나 때문에
더 많이 아파할까 봐
걱정이 앞서게 하는 사람

좋은 날
기쁜 날보다
맘이 복잡하고 삶이 벅찰 때

늘 그렇게
가장 먼저 떠올라
미안하게 하는 사람

그런 사람이어서
언제나 맘 한구석이
시리게 하는 사람이군요

그곳에선
아픔도
고통도 없이
행복하신가요?

나에게 힘들 때 꺼내 볼 수

추억

고마워요
어느 날 조용히 미소 지으며
추억할 가슴 뛰는 사랑을 주어서요

잊혀져 가는 사람 중
눈을 감으면 더욱
선명해지는 이름으로
기억 속에 남아서요

바쁜 일상에 잊고 지내다
문득 올려다본 하늘에
그리운 얼굴 하나 동그랗게 그리게 해서요

어느 가을날
가슴에 부는 휑한 바람을 막는
따스하고 고운 이름으로 남아서요

우물가의 어머니

휘영청 밝은 달이
밤하늘에 대롱대롱 매달렸다가
우물 안으로 점프하던 날

달이 통째로 빠진 우물 옆에
물 한 바가지 떠 놓고
허기진 배를 달래던
작고 여린 그림자 하나

서걱거리는 바람만이
메마른 머리카락을 헝클어 놓고
여린 몸짓이 못내 안쓰러워
떠나지 못하고 머물러 친구가 되었구나

어머니의 혼잣말은 정적을 깨고
가을밤은 숨죽여 지켜보며
한숨으로 깊어가는구나

간이역

기차도 서지 않고
역장도 사라진 지 오랜
뿌연 먼지만 가득한 간이역

철길 사이로
이름 없는 들풀들이
고개를 들고 먼 산 바라보곤 하지

삐걱대는 낡은 의자에
초점 잃은 눈빛으로
오지도 않을 기차를
한없이 기다리는 주름진 모습

언젠가
그곳에서 소리 없이 떠난
고달픈 한 사람이
돌아올 거라고 믿는
어느 어르신 인내의 시간처럼

우리도 언젠가
인생 간이역에 앉아
잃어버린 인연과 아련한 시간을
추억하는 건 아닌지

내 인생에 함께해 고맙습니다

때로는
좋은 친구처럼
때로는
무서운 선배처럼
때로는
장난기 가득한 동생처럼

그렇게
내 기억 안에
함께한 당신
고맙고 또 고맙습니다

당신의 격려 한마디에
하늘을 다 얻은 것 같았고
당신의 충고 한마디에
밤새 고민했지요

표현하지 못했지만
돌이켜 생각하니
고마운 거 투성입니다

내 인생에
내 기억 안에
함께해 정말 고맙습니다

함께여서 좋아요

우리
마주 잡은 손 놓지 말아요
따뜻한 느낌 오래오래 함께해요

우리
마주 보는 눈 돌리지 말아요
말하지 않아도 아는 이 눈빛
마음이 편해지는 걸요

우리
도란도란 나누는 이야기
무심하게 넘기지 말아요
말하고 듣는 이 행복 서로 느껴요

우리
함께여서 좋은 이 모든 거
감사하고 또 감사하며 살아요
함께여서 행복한 이 모든 걸요

그대가 있어
얼마나 행복한지
둘이어서 얼마나 힘이 되는지

바람결에
안부 전한 사람이
당신이었나요

바람결에
꽃향기
날린 사람이

당신이었나요

당신이었나요
바람결에 고운 미소 보낸 사람이

당신이었나요
바람결에 꽃향기 날린 사람이

당신이었나요
바람결에 안부 전한 사람이

아
당신이었군요
바람결에 걱정해 준 사람이

역시 당신이었군요.
바람결에 힘내라고 했던 사람이

변명하지 마

부탁인데
약속을 어겼을 땐
변명부터 늘어놓지 않았으면 좋겠어

먼저
미안하다고 사과부터 해줄래
습관처럼 어긴게 한두 번이 아니잖아

상대가 평온해졌을 때
이유를 말해도 늦지 않아

맘 편한 당신이 최고야

아무리 분위기 좋은 곳에 가도
마음이 불편하고 낯설어
집에 가고 싶을 때가 있다

아무리 좋은 음식을 먹어도
돌을 씹는 것처럼 소화도 안 되고
맛을 느끼지 못할 때가 있다

아무리 좋은 옷을 입어도
거추장스럽고 불편해서
벗어버리고 싶을 때가 있다

하물며 사람은 어떤가

그 사람이 아무리 괜찮아도
맘을 불편하게 하는 사람이라면
함께 있는 시간이 가시방석일 수밖에 없다

맘 편한 사람
늘 곁에 있어 소홀할 수도 있는 사람

누군가에게 맘 편하게
하는 당신이 최고입니다
세상 그 누구보다도

가끔은 그래요

그 사람
이 시간이면
뭐할까

깊은 밤 갑자기 눈이 떠졌을 때
어느 바쁜 날 잠시 짬 내어 커피 마실 때
홀로 산책하다 눈부신 하늘을 올려다볼 때

그렇게 궁금해지는 사람이 있어요

문득 이렇게
그 사람의 시간 안에
한 번쯤 내가 들어갈까

그렇게 궁금할 때가 많아요

고천암에 가면

마음속에
언제나 간직하고
그리워하는 그곳에 가면

어릴 적 꿈이 있고
부모님의 고단한 삶이 있고
게와 고동이 평화롭게 노닐던
또 다른 낭만이 있다

철마다 날아드는
철새들의 고향인 아름다운 그곳

아련한 그리움으로
눈시울을 적시는 그곳엔

비가 오고
눈이 와도
바다만 바라보며
자식들 생각할
부모님이 누워 있다

삶이 버거울 때
어김없이 마음으로 달려가는
나만의 안식처

그곳에 가면
고천암에 가면
내 마음이 평화를 얻는다

기억의 저편

누군가를 생각할 때
한참을 생각하며 퍼즐 맞추듯 해야
기억하는 사람이 있고

어느 한 사람을 떠올렸을 때
영화 장면처럼 아름다운
드라마 한 편이 그려지는 이가 있다

나의 기억 속에
너의 기억 속에
우리는 어떤 모습으로 남을까

모든 사람에게 좋은 기억으로
남을 수는 없겠지
그건 지나친 욕심이다

내가 사랑하는 사람들의 기억 속에
참 좋은, 참 괜찮은,
참 지혜로운 사람으로 기억되길 바랄 뿐이다

가슴이 아팠던 이유

빗물이었나요
눈물이었나요

갓길에 차를 세우고
서러운 눈물 쏟았던 날

빗소리에 묻혀
누구에게 들키지 않아서
맘껏 울어도 부끄럽지 않은 날이건만

물기 머금은 눈빛으로
문득 바라본 그곳은
고통을 호소하며 잠 못 이루던
당신이 있던 그곳이더군요

그거였어요
그 거리를 지날 때
가슴이 아팠던 이유
소리 없이 흐르던 눈물은
바로 당신 때문이었군요

달려가서 볼 수 있으면
달려가서 안을 수 있으면
달려가시 두 손 꼭 잡을 수 있으면
얼마나 좋을까요

보고 싶습니다
너무 보고 싶어 미칠 거 같습니다

그곳에 가고 싶다

찬바람 부는 날에는
갈매기와 파도 소리가 가득한
인적 드문 그곳에 가고 싶다

종종걸음치던 일상에서 벗어나
바위에 하얗게 부서지는 파도와
멀리서 들려오는 뱃고동 소리 벗 삼아

모래밭에 새겨 둔 흔적 찾아
가슴에 간직한 그리움 찾아
한 번쯤 추억에 잠겨도 좋으리

혼자 걸어도 낯설지 않고
소리쳐도 누가 들을까 걱정되지 않는
엄마 품처럼 넓은 가슴을 가진 그곳

먼 곳에서 찾아온 이방인을
소리 없이 반겨 줄 그곳에 가고 싶다
그 바다가 보고 싶다

이별 예감

묵묵히 고개 떨구고 침묵하며
마음에 어떤 그림을 그리는지
답답함이 가슴을 짓누르고

지난 추억을 되새기는 듯
보일 듯 말 듯 슬픈 미소가
슬픈 내일을 암시하네

아픔으로 채워진 마음 공간이
다시 백지로 돌아가면
이루지 못한 많은 꿈을 마음껏 그릴 텐데

아직 남은 시간을 마다하고
한 올 한 올 엮어진 인연의 끈을 놓아도
마음에 있는 영혼의 횃불까지 꺼지겠는가

천천히 해도 늦지 않을 이별을
왜 이리 서두르느냐
내 아픈 사랑아

보고 싶다

그대 이름 석 자
가만히 써 보니
눈 코 입 그리고 조용한 미소
작은 도화지에 그려지고

하나하나
색칠하다 보니
함께 나눈 이야기와
길모퉁이 통유리 찻집에 눈길이 머무네

커피 향 가득했던 그곳에
비가 오면 약속 없이 찾아가
비에 젖고 음악에 젖고 그리움에 젖어

작은 메모지 한 장에
꾹꾹 눌러쓴 한 줄 낙서

보

고

싶

다

격하게 지금!

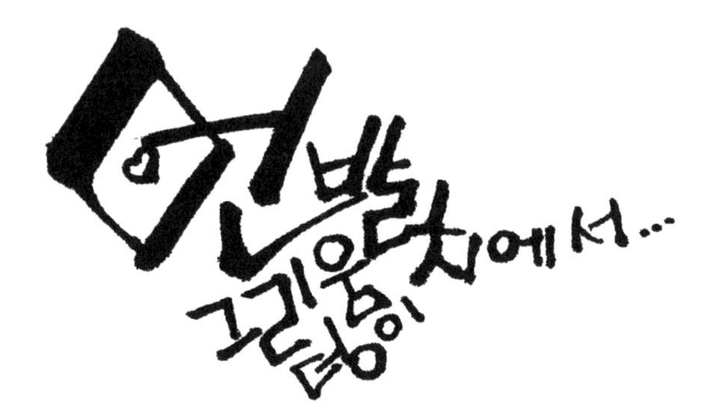

먼발치

말없이 문득 찾아가
예전처럼 해맑은 미소가 가득한지
삶의 언덕에서 힘들어하진 않는지
살피고 싶은 사람이 있는가

어느 날 마음 한구석에
십일월의 바람 부는 공원 같은
허허로움이 느껴질 때

바라만 보다 돌아서더라도
마음에 따스함이 가득 차
며칠 동안 잠 못 이루게 할 사람이 있는가

불쑥 찾아가 먼발치에서
바라만 봐도 힘이 되는 사람
바라만 봐도 기쁨이 되는 사람

마주 보고 이야기하지 못하고
눈을 쳐다보지 못해도
먼발치라도 한 번 보고 싶은
사람이 그대는 있는가

인연 꽃

살면서 수많은 인연을 맺습니다

싹을 틔우다 만 인연
꽃봉오리까지 갔다가 시들어버린 인연
꽃을 피우고 열매 맺은 인연

때로는 내 잘못으로
때로는 상대 잘못으로
등 돌린 인연도 있지요

지난 인연을 생각하면
교훈이 아닌 것이 없습니다
반성도 되고 지침도 되고

앞으로는
노력하고 배려하여
연둣빛 싹을 틔우고
예쁜 꽃을 피우고
고운 열매를 맺는 인연을 맺겠습니다

햇살 담은 창가에서

햇살 담은 창가에서

문득 어린아이가 되어 버린 마음
가슴이 허전하고 날씨만큼 시린 날
갑자기 엄마가 보고 싶었던 날

아무것도 묻지 않고
조용히 "내 새끼" 하며 두 팔 벌려
꼬옥 안아 줄 엄마가 그리웠던 날

멀쩡한 나를 보고도
얼굴이 왜 그렇게 핼쑥하냐고
밥도 굶고 사느냐며 밥상부터 차려 올
엄마가 그리웠던 날

주위 시선 아랑곳하지 않고
맘껏 투정을 부려도
우리 딸 아직도 어린애네 하며
토닥토닥 안아 줄 따스한 손길이 그리웠던 날

맘껏 생각하고
맘껏 그리워하고
맘껏 보고파 했던 어제

오늘은 가슴 아파할 엄마를 위해
잠시 어린아이가 되었던 나를 위해
하늘 한 번 쳐다보고 씨익 웃는 날

그리고
햇살 담은 창가에 차 한 잔 놓고
질퍽하게 젖은 내 마음을
뽀송뽀송하게 말리고 싶은 날

어머니 사랑해요

어머니와 가락지

동그란 형체에 금빛 옷으로 치장한
너의 아름답던 모습이
흐르는 세월 따라 퇴색해 가고

한평생 어머니와 함께한
삶의 무게로 야위어진 너의 모습
크고 작은 흠집들은 삶의 애환으로 새겨져

가슴 가득 짓누르는 서러움의 자락들이
회한의 눈물로 얼룩 되어
지나간 세월 함께했던 흔적으로 남았구나

얼룩진 삶 속에 함께한
동그란 너의 몸에 새 옷 입혀 장식한들
짓눌린 어머니 모습은 그대로인데

무언의 대화로도
느낄 수 있는 내면의 상처들
깊은 시름으로 또 한밤 지새우고

깊게 팬 수름은
속울음 삼키며 가슴앓이하는
어머니 삶의 아린 여정이구나

일곱

추억 엽서

쉿! 비밀이에요

•첫 번째 이야기•

소녀의 갈등

절대로 생각하지 않으리라 다짐했던
그 길이 자꾸 떠오르고 그리운 건
천년만년 옆에 있을 거 같던 엄마가 이젠
그리운 사람이 되었기 때문이다

신도시와 구도시가 함께 맞물린 곳
내가 사는 이곳은 오일장이 서는 수도권 인근 도시다
5일에 한 번 열리는 시장은
엿장수와 찐빵 장수도 있고
토종닭 등을 파는 어릴 적 시장 풍경이 자주 보여
지난 추억에 빠져들기 충분한 곳이다
또 좋은 농산물을 저렴하게 살 수도 있다

그곳을 자주 찾는 이유가 많지만
큰길 한쪽 끝에 어김없이 자리 잡은 할머니 때문이다
자그만 체구에 인심 좋은 할머니는
조금씩 가져온 농산물과 고추, 마늘을 손질해 팔아
생활을 하는 것 같았다
가끔 그곳에 앉아 파와 마늘을 함께 손질하며
옛이야기를 들었는데 할머니가 전하는 시골 풍경이
내 고향과 닮아 향수를 불러일으키기 충분했다

중학교 때였다
아침 등교 시간이면 조그만 시골 동네의 회관 앞 버스정류장엔
까까머리 여드름 남학생들과
흰 칼라 교복을 단정하게 입은 여학생들이 언제나 북적였다
그곳은 통학 버스가 한 대여서 늘 만원이었지만
그 버스를 놓치면 십 리 길을 걸어야 해서
콩나물시루 같은 버스를 타야만 했다

그날도 생각 없이 황급히 버스에 올랐는데
멀리서 머리에 뭔가를 가득 이고 걸어오는
남루한 차림의 엄마가 보였다
힘겨운 모습이 짐을 떨어뜨리지 않을까 걱정될 정도였지만
애써 외면하며 흔들리는 버스를 타고 학교에 갔다

그리고 그날 밤늦게 지쳐 들어온 엄마를 보며
마음이 무겁고 죄스러워 눈도 마주치지 못했다

찬밥 물 말아 먹고 지쳐 쓰러지듯 잠든 모습을 한참 바라보며
외면했던 나를 자책했다

잠자는 엄마를 보니 손은 퉁퉁 부었고
손톱 끝은 게 다리에 찔려 상처투성이였다.
엄마 모습에서 고달픈 삶이 고스란히 묻어났고
어린 딸의 마음에는 부끄러움과 안쓰러움이 교차했다
하지만 그것도 잠시
다음 날도 그 다음 날도 똑같은 일상이 이어졌다
그 시간만 되면 사춘기 소녀의 머릿속은 수만 가지 생각이 가득했고
엄마와 버스 사이에서 괴로워했다

그렇게 며칠이 지난 어느 날
결국 달리는 버스를 세우고 내릴 수밖에 없었다
전날 밤 너무 힘들다며 소주 몇 잔 마시고 들어온 엄마의
탄식 같은 혼잣말을 우연히 들었다
어쩌다 많고 많은 사람 가운데 자신에게 태어나 못 먹고 못 입느냐며
눈물을 훔치던 모습이 눈에 선했다

그때부터 교복 차림으로 게를 이고 엄마를 따라나섰다
또래 남자아이들이 지나가면 나쁜 짓 하다 들킨 아이처럼
숨을 곳이 없나 두리번거렸고
그냥 외면하고 버스 타고 갈 걸 하며 후회하기도 했다
맘 잡고 잘 가다가도 순간순간 화가 나서 심통을 부리며
하면 안 되는 말을 엄마에게 퍼부었다

왜 이렇게 힘들게 하느냐
왜 이렇게 창피하게 하느냐
이까짓 거 얼마나 번다고 바다로 시장으로 다니느냐며
철부지처럼 엄마 가슴에 못을 박았다
투덜대는 딸아이가 얼마나 미웠을까
하지만 내색 한 번 안 하고 오히려 미안한 눈빛으로 바라보더니
날마다 다른 이야기보따리를 꺼내 놓았다

밤중에 우물가에 갔다가 우연히 본 귀신 이야기
할아버지와 할머니 치매 걸려 병 수발든 이야기
외갓집에 남매만 있어 사랑받았던 이야기
어린 딸에게 미안함을 전하는 엄마의 방법은
그날그날 풀어헤치는 이야기에 어린 딸이 푹 빠져
부끄러움과 힘든 마음을 잊게 하는 것이었다

그런 생활이 이어지다 보니 학교는 늘 지각이었고
교무실에 불려가 선생님께 꾸중을 듣거나 벌을 받기도 했지만
엄마 짐을 시장까지 들어다 준 이야기는 끝내 하지 않았다
나중에 친구에게 전해 들은 선생님은 왜 말하지 않았느냐며
미안해했다

학교가 끝나면 시장 근처에서 친구들과 군것질을 하다가
엄마가 눈에 띄면 못 본 척하고 집에 오기도 했고
비 오는 날은 흠뻑 젖어 아침에 걸었던 질퍽거리는 길을 되돌아왔다
그런 기억이 이젠 추억이 되었고
여행을 가면 시장을 둘러보는 것이 습관이 되었다

곰곰이 생각하니
그때 엄마와 많이 대화해 엄마와 세상을 조금씩 이해할 수 있었다
절대로 생각하지 않으리라 다짐했던 그 길이 자꾸 떠오르고 그리운 건
천년만년 옆에 있을 거 같던 엄마가 이젠 그리운 사람이 되었기 때문이다

나는 가끔 꿈을 꾼다
그 꼬불꼬불하던 시골길에서 엄마 이야기에 빠져
부끄러움도 잊고 동화 속 주인공이 된 내 모습과
시장 귀퉁이에 있던 엄마 자리에는 이미 커다란 꿈이 이루어져
환한 빛이 쏟아져 내리는 것을…

•두 번째 이야기•

암흑 속의 사투

다시 평화가 찾아왔지만

평범하며 소중한 일상이 얼마나 행복한지

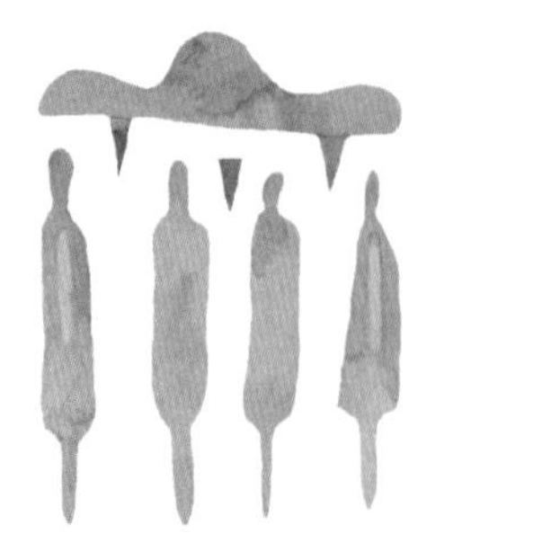

그날은 30도를 오르내리던 한여름 낮
점심을 먹고 잠깐 볼일이 있어
준공이 임박한 신축 건물 엘리베이터를 혼자 탔다

목적지 층을 누르자 올라가는가 싶더니
이내 덜커덩 두어 번 흔들리다가 멈춰
2층 바로 밑자락에 대롱대롱 매달렸다

갑자기 불이 꺼져 암흑이 되었고
휴대전화도 무용지물인 데다 비상벨까지 작동하지 않았다
놀랐지만 금방 구조되겠지 하며 심각하게 생각하지 않았다

그 와중에도 영화의 한 장면이 떠올라
혼자가 아니고 여럿이면 무섭지 않을 텐데
하고 중얼거렸다

하지만 여유를 부렸던 마음도 잠시
일요일이라 지나가는 사람이 없었다
인적이 드문 빌딩 엘리베이터에서
어떻게든 빠져나가야 하는 상황이라
머리를 굴렸지만 뾰족한 수가 없었다

문을 두들기고 소리를 쳐도 들리는 건 내 외침뿐

내게 있는 건 먹통인 휴대전화와
메모하는 습관 탓에 가방에 든 작은 수첩과 볼펜 한 자루

시간이 지날수록 공포가 몰려오고
암흑과도 같은 네모 상자 안에
백지장보다 하얗게 질린 얼굴과 땀으로 뒤범벅된 내 모습
어땠을지는 안 봐도 훤하다

어둠 속에서 수첩을 찢어

엘리베이터 안에 사람이 갇혔다는 메모를 틈새로 보내기를 수십 번
쿵쾅쿵쾅 문을 두들기고 소리를 질러도 아무런 반응이 없고
엘리베이터가 한 번씩 흔들리며 덜컹거릴 때마다
이제 지하 5층으로 추락하는 일만 남았구나 생각하고
순간순간 다가오는 공포의 크기는 귀신 영화 시리즈는 아무것도 아닐
정도였다

삶과 죽음의 갈림길이 서 있는 거 같은 착각에 빠져 절망하며
이제 어떻게 해야 할까 순간 드는 수많은 생각들

엘리베이터가 추락하지 않으면 월요일에 일하는 사람이 나올 때까지
엘리베이터에서 밤을 새워야 할 판이었다
늘 씩씩하고 대범한 척했지만
막상 혼자 어둠 속에 갇히니 가슴이 답답하고 무서움이 엄습해
심장은 쿵쾅쿵쾅 방망이질을 해댔다

아!
이렇게 허무하게 가는 건가?
아직 할 일이 많은데...
가장 먼저 생각나는 건 어린 딸과 남편, 친정엄마였다
자책과 회한이 밀려오고
주변에 잘하지 못한 것이 하나하나 마음에 걸렸다
사랑한다고 마음 표현 한 번 못 하고 지냈던 결혼 생활에서
아침밥을 안 먹겠다고 떼쓰던 아이를 혼낸 것까지 머릿속이 복잡해졌
다

아직 우리 딸은 엄마 손길이 필요한데
친정엄마에게 사랑한다는 말도 제대로 못 했는데
가족들에게 표현하지 못했던 후회스러운 지난날
절박한 상황에서 가족에게 남기는 메시지가 이런 마음이었겠구나

수많은 생각으로 한참이 지난 시간 포기하고 구석에 앉았는데
일하는 사람이 물건을 찾으러 왔다가 고장 난 엘리베이터를 발견하고

사람이 있는 걸 알아 119에 신고해 무사히 구출되었다

경황이 없어 인사도 제대로 못 했는데
신고한 분과 119 구조대원에게 감사드린다

그날 이후
혼자 타는 엘리베이터는 무서워
사람이 없을 땐 기다리거나 걸어간다

다시 평화가 찾아왔지만
평범하며 소중한 일상이 얼마나 행복한지 새삼 느끼게 한
그날 암흑 속의 사투는
두고두고 작은 것에 감사하며 살게 한 소중한 경험이었다

그 사건 이후로 주변 사람들이 가끔 이렇게 말한다
누구네 아빠 화장실 가서 씩 웃고 계 타는 날이었는데 참 안됐다고

에잇
나쁜 사람들

•세 번째 이야기•

참 좋은 인연

내가 떠난 빈자리에서
누군가가 추억한다면
그 사람은 인정받은 사람이다

오랫동안 함께 일한 직원이
다른 일을 하게 되어 그만두었다

마지막 근무를 하고 간 그의 책상에는
가지런히 정리한 서류와 컴퓨터에
후임자를 배려하는 메모가 붙어 있었다

늘 앉아서 무언가를 열심히 하던
그의 의자는 주인을 잃고
덩그러니 침묵을 지켰고

금방이라도 환하게 웃으며
반길 것 같은 모습이 눈에 선해
갑자기 눈시울이 뜨거워졌다.

처음 우리 사무실에 와
면접을 봤을 때 첫인상이 성실해 보이고
사회생활에서 가장 기본적인
약속 시각을 잘 지켜 바로 채용했다

느낌 그대로
성실하게 오랫동안 있어서
늘 든든하고 좋았는데

까다로운 내가 일을 맡겨도
걱정이 안 되는 몇 사람 가운데 한명이였는데
참 아쉽다

붙잡고 싶은 마음 간절했지만
좋은 일로 그만두니
축하하며 보낼 수밖에 없었다

이렇게 좋은 인연으로 만난 우리는

결국 헤어지고 영원할 수 없음을 느끼며
쓰디쓴 이별주에 밤새 부대껴 잠을 못 자는 불상사도 생겼다

그래도
나는 참 복이 많다
늘 좋은 사람과 함께하니 말이다

내 일처럼 성실히 일한 직원에게
다시 한 번 고마움을 전하고
새로 시작하는 사업이 번창하길 바란다

처음도 끝도 좋은 인연
그렇게 많지 않다는 걸 우리는 안다

내가 떠난 빈자리에서
누군가가 추억한다면
그 사람은 인정받은 사람이다

처음과 끝이 좋은 인연
그것은 얼마만큼 노력하느냐에 달렸다

• 네 번째 이야기 •

엄마를 팔아 주세요

어떤 일을 만나 세상이 무너질 거 같아도
지혜롭게 이겨 내 시간이 지나면
아무것도 아니라는 걸 깨달았으면 좋겠구나

사랑하는 딸아

너를 보면 엄마를 충격에 빠뜨렸던
한마디가 생각나 가슴이 먹먹하고 눈물이 핑 돌아

너무 행복해서 그럴까?
그 말이 왜 생각나는지 모르겠구나

맞벌이하며 너를 키웠던 엄마는
하나뿐인 네가 버릇없을까 엄하게 대했던 거 같아
무조건 예뻐하는 아빠와는 차원이 달랐지
그래서 넌 아빠만 좋아했고
엄마는 무서운 사람으로 낙인을 찍었어

네 살쯤이었을 거야
어린이집에서 시장 놀이를 배우고 와
아빠에게 진지한 표정으로 그랬다지
“아빠! 엄마를 팔아 주세요
내일 시장에 꼭 팔아 주세요 네?”

“왜 엄마를 시장에 팔아?”
“다른 엄마는
어린이집 다녀오면 맛있는 것도 해 주고
비가 오면 우산 가지고 어린이집에 오는데
엄마는 나를 꼴찌로 데려오고 맨날 무섭게만 해
나도 다른 친구처럼 어린이집 끝나면 바로 집에 오고 싶어”

“엄마를 시장에 팔면 우리 딸은 엄마 없이 아빠랑 살 거야?”

“응?
그럼 어떻게 하지?”

뒤통수를 크게 얻어맞은 거 같았지

시장에 팔아 달라니
그것도 엄마를...
아무리 철없는 어린아이라도 어떻게 그런 생각을 할까
그 한마디에 엄마는 밤새 불 꺼진 방에서 쭈그려 앉아 울었지

IMF 때 아빠 하던 사업이
송두리째 공중분해 되어 어린 너를 큰집에 맡겼지
다른 방법이 없어 너를 먼 곳에 맡기고 주말에만 갔더니
큰엄마를 엄마로 알고 엄마, 아빠가 안으려 해도 울며 거부해
돌아오는 차 안에서 가슴을 움켜쥐고 눈물을 삼켜야 했어
엄마, 아빠를 못 알아보고 거부하는 너를 보며 서운함과 미안함에 어쩔 줄을 몰랐지

그런 일이 반복되고
더는 떨어지고 싶지 않아
급히 데려와 어린이집에 맡겼고
아침저녁으로 떨어지지 않겠다고 울고불고하는 너를 떼어 놓고
일해야 했지만 너와 함께 산다는 것만으로도 행복했어

하지만 세상은 일하는 엄마에게 그렇게 호락호락하지 않았어
엄마가 퇴근이 늦어 허둥지둥 뛰어가면
너는 눈물범벅으로 엄마를 기다리다 잠이 들었거나
혼자 놀다가 쪼르르 달려와 품에 안기며
친구들은 모두 갔다고 왜 이리 늦었냐며 앙탈을 부렸지
그럴 때마다 가슴이 무너져 내리고
너에게 못할 짓을 한다는 생각에 천 길 낭떠러지로 떨어지는 기분이었어

너는 매일 꼴찌로 데려가는 엄마가 미웠고
어리광과 앙탈을 받아 주지 않은 엄마가 미웠겠지
엄마를 시장에 팔아 달라는 그 말을 들은 다음
어린 네가 알아듣지 못해도
사랑한다 예쁘다 미안하다 하며 하루에도 수십 번 안아 주었지
세상에서 가장 귀한 내 딸에게 더는 상처 주고 싶지 않았고

엄마도 더는 아프기 싫었어

그렇게 열심히 산 세월
그 어려운 시기를 잘 견디고 지금의 안정된 생활
너무나 반듯하고 예쁘게 성장한 너
세월이 얼마나 빠른지 평온한 일상이 얼마나 소중한지
다시 한 번 느낀다

가끔 놀리느라 심각한 표정으로
"지금도 엄마 시장에 팔고 싶어?" 하고 물으면
그런 얘기 한 적 없다고 기겁하는 네가 얼마나 사랑스럽고 듬직한지

문득문득 똑 부러진 한마디로 엄마를 당황하고 반성하게 했던 네가
이젠 엄마를 이해하는 둘도 없는 친구가 되어
너무나 좋단다

사랑하는 딸아!
세상을 살면서
뜻하지 않은 일을 많이 만날 거야
엄마, 아빠는 네가 상처받지 않고 곱게 지냈으면 좋겠지만
세상이 내 맘대로 되겠니?

엄마는 말이야
네가 조금 손해 보더라도 양보하는 지혜를 가졌으면 좋겠고
자기만 생각하지 말고 남을 배려하면 좋겠어
어떤 일을 만나 세상이 무너질 거 같아도 지혜롭게 이겨 내
시간이 지나면 아무것도 아니라는 걸 깨달았으면 좋겠구나

엄마 맘 알지?

사랑한다 딸!
엄마가 아주 많이 사랑해
그리고 고맙고 미안해 정말로 미안해

•다섯 번째 이야기•

번지 점프

이제 새롭게 시작하는 거야

욕심도 비우고 두려움도 비우고

빈 가슴으로 다시 시작하는 거야

언제부터였을까?
그래
엘리베이터에 갇히고
트라우마로 남은 상처를 극복하려고
번지 점프를 하겠다고 생각한 거 같다

마음속에 자리 잡은 두려움을 간절히 떨치고 싶었고
떨어질 때 기분을 느끼고 싶었다
가슴이 뻥 뚫릴 거 같은 생각
점프대에 선 느낌이 어떨지 호기심이 일었다

큰맘 먹고 디데이를 정하고 함께할 친구들을 모아서 출발
우리의 거사를 축복이나 한 듯 화창한 가을날이 펼쳐졌다
울긋불긋 가을옷을 입은 나무와 산
손가락으로 푹 찌르면 푸른 물감을 왈칵 뒤집어쓸 거 같은 맑은 하늘이
너무 아름다웠다
눈물이 쏟아질 거 같은 멋진 가을날이
우리의 미친 감성을 자극했다

친구들은 단번에 뛰어내린다며 큰소리치고 신났지만
나는 은근히 걱정되었다
"이것들이 진짜 겁이 없는 거야? 너무 태연하잖아"
이렇게 생각하며 곁눈질하니 해맑은 표정으로 아무렇지 않은 듯
깔깔대고 웃는 모습이 얄미울 정도였다

일찍 출발한 탓에 교통 체증 없이 도착한 남이섬
막상 하늘 높이 치솟은 점프대를 보니 숨이 턱 막혔고
슬그머니 꼬리를 내리며 올려다본 그곳에는
끝이 보이지 않는 거대한 철골이 무시무시한 공포를 자아냈다
뛰어내리다 강물로 떨어지는 거 아니야?
위험한 걸 왜 하느냐고 말리던 가족들 말을 들을 걸
미쳤어 정말 미쳤어 어찌 미치지 않고서야...

이제 어쩌란 말이냐?
도전하고 싶어 일을 저질렀지만
후회막심한 순간

심장 질환 등 문제가 생기면 스스로 책임진다는
서약서에 인적 사항을 쓰고 사인하는데
정말 마지막 아니야? 하는 불안감이 밀려왔다

가슴이 쿵쾅쿵쾅 방망이질하고
하늘이고 강이고 아무것도 보이지 않았다
제정신이 아니었나 봐
뭐하려고 주동해서 이 고생이람

하지만 이왕 맞을 매라면 일등으로 맞겠다며 선두에 섰을 때
머리가 하얗고 정신이 혼미하며 심장이 덜컹거렸다
당당하게 할 거 같았는데 그건 생각뿐이고
55m 점프대에 오르니
이 미친 짓을 수많은 사람이 한다는 게 믿기지 않았다
아파트 15층이 넘는 높이에서 뛰어내리는 걸
제정신으로 한단 말인가?
어쩌면 좋아 큰소리 뻥뻥 쳤는데

번지 점프대에 오르니 저승사자 같은 무표정으로
지시하는 진행 요원들
그렇게 잘생긴 총각들이 저승사자를 닮은 것을
미처 몰랐다

"자, 지시를 따르세요

아래를 보지 말고
최대한 멀리 보고 멀리 뛰세요
그리고 얼굴을 감싸세요
점프 줄로 화상이나 상처를 입을 수 있습니다

그럼 시작합니다
두 팔을 앞으로나란히 하세요
앞으로 조금 더
오른발 조금 더
왼발 3분의 2 밖으로"

(그래
온통 어둠뿐인 엘리베이터에 두 시간이나 혼자 갇혀서
두려움에 떨던 기억도 떨쳐 버리고
이제부턴 당당하게 엘리베이터를 타도록 모든 두려움 떨쳐 버리는 거야
이제 새롭게 시작하는 거야
욕심도 비우고 두려움도 비우고 빈 가슴으로 다시 시작하는 거야)

쓰리

투

원

번지!

에라 모르겠다
뛰어내리자
날아 보는 거야
으아아아아아아아악!

남이섬에 들어가는 사람들
내 비명에 발길 멈추고 구경났네 구경났어

끝없는 추락
줄이 당겨지지 않는다
깊숙이 강물에 처박히는 느낌

삶의 끈을 놓은 사람이 이런 심정이 아니었을까
줄이 끊어진 게 아닌가 싶을 정도로 긴 시간이 지나고
반동으로 3분의 2만큼 다시 올랐을 때 말로 표현할 수 없는 공포감을
느꼈지만, 그다음에는 강물이 보이고 주변 풍경도 눈에 들어와 마음이
편안해졌다
뛰어내리기 전 수많은 공포가 언제 있었느냐는 듯

단시간에 거사(?)를 치르고
어정쩡한 굴욕 자세로 찍힌 시체 같은 사진을 보며 깔깔댔지만
생각만 해도 심장이 요동친다
그래도 뭔가 해냈다는 성취감과 뿌듯함이 자신감으로 이어졌다

무섭던 엘리베이터를 이제는 혼자서 탄다
어떤 일도 어떤 어려움도 이겨낼 거 같은 느낌
번지 점프를 해서가 아니라
고민과 두려움도 결국 마음속에 있다는 걸
새삼 깨달은 날이었다
마음을 비우고 뛰어내리니 다른 세계가 보였던 것처럼

•여섯 번째 이야기•

탱자나무 울타리

주변이 온통 가시라도
묵묵히 견디면
열매도 맺고 좋은 향기도 낸다

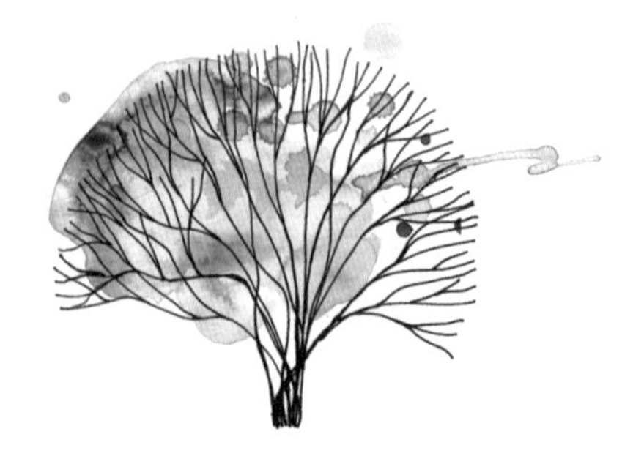

어릴 때
우리 집과 이어진 텃밭에는
탱자나무 울타리가 있었다

언니와 나는
그 울타리에 있는
개구멍을 애용했다

대문으로 슬금슬금 도망치다가는
부모님께 들키기 십상이라
공부하기 싫을 때
나쁜 짓(서리) 하러 갈 때
심부름하기 싫을 때는
부모님 눈을 피해
탱자나무 울타리를 뚫고 도망갔다

그런 날 밤에는
어김없이 대나무 허리가 싹둑 잘리고
회초리가 지나갈 때마다
종아리는 울긋불긋 화장했다

어느 날
탱자나무 가시에 긁혀서 피가 나 살펴보니
탱자나무 줄기에 무시무시한 가시가 달렸다

유자를 닮은 노오란 탱자는
그 가시 틈에서 용감하게 열매를 맺었고
바람에 흔들릴 때마다 탱자가 가시에 긁혀
노란 껍질에 어린애가 한 낙서 같은 흔적이 남았다

옛날에는 쓸모없는 탱자라고 했지만
지금은 약재나 방향제로 쓰인다

이렇게 세상에는
쓸모없는 것이 없다

하물며 사람은 어떠하겠나?
자책하며 힘들어하고 괴로워하기 전에
자신을 사랑하라

주변이 온통 가시라도
묵묵히 견디면
열매도 맺고 좋은 향기도 낸다